張文襄幕府紀聞

辜鴻銘
談
張之洞

辜鴻銘——原著　蔡登山——主編

導讀　辜鴻銘VS張之洞

蔡登山

辜鴻銘給人的印象是個怪人：怪在終生穿長袍馬褂、怪在留長辮子，還怪在娶妾、逛妓院，一手握女人小腳、一手下筆千言……但國務總理王寵惠曾讚佩他道：「鴻銘先生，學博中西，足跡遍天下，早歲遊學歐美，精研各種文化科目，均能擷英掇華，發其秘奧，著為宏論。曾榮獲博士頭銜，達十三個之多，其為國增光，馳譽國際，曠古未有，洵足多也。迨歸國後，專心講學。春風化雨，桃李盈門，數十年如一日。更以餘閒，從事著述，獨具隻眼，尤以用西文迻譯之我國古籍多種，皆能盡信達雅能事，於中西文化交流之貢獻，厥功甚偉。」

辜鴻銘在晚清曾被視為邃於西學西政的奇才，一八八五年，方遊學歸返中國之時，因偶然的機遇而入張之洞的湖廣總督幕府，擔任「洋文案」（即外文秘書）。張之洞是晚清最後一位著名儒臣，他的實施新政、編練新軍，重視高等教育種種措施，其背後都有著辜鴻銘鼎力謀劃的身影，此後兩人相隨共事二十餘年，結下了一段不解之緣。一九一〇年，也就是張之洞死後的第二年，辜鴻銘寫了《張文襄幕府紀聞》一書，在序言就寫道：「余為張文襄屬吏，粵、鄂相隨二十餘年，雖未敢云以國士相待，然始終禮遇不少衰。去年文襄作古，不無今昔之慨。」

漢陽兵工廠是張之洞在湖北時所籌畫創設的，當初曾有「中國的克虜伯」之譽，規模宏大，設備齊全，出品精良，管理嚴密，在東方可算首屈一指，而這一切縝密的布置，都是辜鴻銘的策劃。在籌創之初，盛宣懷介紹一位華德伍爾滋給張之洞，說是英國的兵工專家。張之洞很是高興，把他安頓在賓館裡，厚予招待。過了二日，張之洞傳見，卻被告知此洋人已被辜鴻銘打發回上海去了。張之洞大為詫異，便請辜鴻銘來問，辜見面便說：「伍爾滋和我敘起來，算是同校後輩，比我低了五六年級，他是學商科的，現在上海開設洋行，道地是個商人，根本不懂兵工，因此我打發他回去了。」說完，順手從袖管拿出一個洋信封，掏出一封信，說：「這裡有個威廉福克斯，是我同學，這人才是研究兵工學的，現任德國克虜伯兵工廠的監督。我國不辦兵工則已，要辦的話，就要找個這樣的專家，絕不能含糊。盛宮保（宣懷）辦洋務，祇是利用洋人做招牌，不管阿貓阿狗，拿來做晃子，嚇唬朝廷，誇示新政的！」張之洞一向倚重辜鴻銘，於是便函邀威廉福克斯來華協助建立兵工廠。

對於外國人，辜鴻銘是極力宣揚「孔子之教」，滔滔之論有如長江大河。有次，他的外國朋友在家裡宴客，客人中只有他一個中國人，大家推他坐首席，坐定，大家談論中西文化。洋主人問他：「孔子的教育究竟好在哪裡？」辜鴻銘回答：「剛才諸君你推我讓，不肯居上座，即是行孔子之教。若照爭競原理，以優勝劣敗為主，勢必等到勝敗決定，然後定坐、然後舉箸，只恐怕這一餐大家都不能到口了。」辜鴻銘以淺顯的例子，借題發揮，言雖詼諧不莊，理卻雄辯萬鈞。

中國文明五千年，開國亦較歐美為早，然而由於禮教廢棄，風氣敗壞，竟被歐美人視為「未開化國」，真是奇恥大辱！因此辜鴻銘大聲疾呼：「今人有以除辮服為當今救國急務者，余謂中國之存亡，在德不在辮。」他的意思是當時能亡我中華者，將不是西方人的堅船利砲，而是我們自己「教之不講，德之不修」也。他認為，日本在明治維新後之所以能成為東亞唯一的強國，除了因為採用歐洲的文明利器，更是因為在根本上保留了中國傳統的禮教文明。他說：「洎甲申馬江一敗，天下大局一變，而文襄之宗旨亦一變。其意以為非效西法圖富強無以保中國，無以保中國即無以保名教。雖然，文襄之效西法，非慕歐化也；文襄之圖富強，志不在圖富強也。蓋欲借富強以保中國，保中國即所以保名教。」

對於風雨飄搖的晚清，辜鴻銘有著清醒的看法，他說：「竊謂中國自咸同以來，經粵匪擾亂，內虛外惑，紛至迭乘，如一叢病之軀，幾難著手，當時得一時髦郎中湘鄉曾姓者（按：曾國藩），擬方名曰『洋務』清火湯，服若干劑未效。至甲午，病大變，有儒醫南皮張姓者（按：張之洞），另擬方名曰『新政』補元湯，性燥烈，服之恐中變，因就原方略刪減，名曰『憲政』和平調胃湯。自服此劑後，非特未見轉機，而病乃益將加劇焉。」在那些年頭裡，國家早已弊病叢生，面臨無可救藥的地步，所謂預備立憲的狗皮膏藥，根本醫不了千瘡百孔的病體。辜鴻銘的這席話，真是一針見血的點出病入膏肓的根由，卻也是他的痛心之論。他在《張文襄幕府紀聞》一書說：「惟歷觀近十年來，時事滄桑，人道牛馬，其變遷又不知伊於何極，是不能不摧愴於懷。」其憂患愈深，傷痛愈深也。

辜鴻銘對當世人士的評騭，除誇讚曾國藩、文祥為大臣，郭嵩燾為上流人之外，其餘甚少見許；即如張之洞，亦時有微詞。對端方、袁世凱、盛宣懷等人，更是罵到入木三分，挖苦得淋漓盡致。除當面幽默盛宣懷「賤貨貴德」；謂端方「質美而未聞君子之道，雖屬有情，亦如水性楊花之婦女，最易違良心事。」說袁世凱則最為不堪，有「袁在甲午以前，本鄉曲一窮措無賴也，未幾暴富貴，身至北洋大臣，於是營造洋樓，廣置姬妾；及解職鄉居，又復構甲第、置園囿，窮奢極欲，擅人生之樂事，……人稱袁世凱為豪傑，吾所知者袁世凱實賤種耳。」罵得非常苛刻毒辣，但仔細思量，並非無的放矢。

辜鴻銘憑著出眾地智慧，在時人的不解和鄙視中處處捍衛中國傳統文化的尊嚴。在長衫長辮、滑稽突梯的外表下，隱藏著他為禮教之寢廢而憂患，為民本思想之淪喪而憂患，為求學問之不誠而憂患……他不該簡單地被看成是孔乙己式的人物，他有著維護中國傳統文化尊嚴的良苦用心。

◆◇◆◇◆◇

晚清李伯元在其名著《官場現形記》的第四十三回〈八座荒唐，起居無節〉，寫的是張之洞（香濤）在做湖廣總督的趣事。據說張之洞有怪癖，可以一連兩天辦事不睡覺，一睡又是一兩天，有時召集下屬開會議事，他老人家忽然坐著呼呼睡去，眾官不敢驚動他，只得宣布散會。柴萼在《梵天廬叢錄》載：「某道以機要進謁，略談數語，南皮（案：張之洞河北南皮人）已執卷眠下，亦不呼茶送客。」來者發現他已睡去，「坐則不耐，行又不敢」。待他醒來，已是滿壁燈火。陳恒慶在《歸里清潭》則說，張之洞宴客時，不等飯菜上齊，就會在座位上睡去，睡醒之後，飯菜已涼，而僚屬又不敢先嚐，「故一饌重溫者數次」。

陳巨來在《安持人物瑣憶》中提到他聽聞已八十二歲的張之洞老友清末郵傳部尚書吳郁生（蔚若）說：「香濤有怪疾，好色，人所共知，終年不睡床，倦即伏案假睡，至多一二小時即醒，雖在會客，亦恒如是，凡其下屬司官，亦無不知也。某年因招商局公事，特至湖北督署，與張相談。張以老友也，故不拘常禮，一面剃髮，一面暢談，不料尚未及談正經公事，而張已昏昏睡著了，那時只能坐待其醒了。」

因此當時曾有人擬對聯嘲諷他：「起居無節，號令不行；面目可憎，語言無味。」後來此聯語為張之洞得悉，他笑對親信道：「外間謂余號令不時，起居不節，事誠有之。面目可憎，則余亦不自知。至於余之語言，何嘗無味，餘人特未嘗與余談耳。」是下聯取其渾成，良非實錄，而「起居無節」則真實而不妄也。而後來，大理寺卿徐致祥參劾張之洞辜恩負職，其中一條即為「興居不節，號令無時」。清廷諭令粵督李瀚章查明具奏。李瀚章因張之洞督粵時理財有方，自己繼任時應用裕如，心存感激，遂奏覆：「譽之則曰夙夜在公，勤勞罔懈。毀之者則曰興居不節，號令無時。既未誤事，此等小節無足深論」。將此事以「查無實據」不了了之。

光緒二十八年（一九〇二）九月間兩江總督劉坤一在任病歿，朝廷一時找不到合適的人選，乃以湖廣總督張之洞署理兩江總督，十月初九日接印視事。其時袁世凱正回籍葬母，十月二十一日取道信陽到漢口，代理湖廣總督的端方接袁世凱到武昌看鐵廠、看槍炮廠，禮數周至。袁世凱卻藐之，而對張之洞的「總文案」鄭孝胥稱讚張之洞在湖北「規劃之宏達」，揚言「當今唯吾與南皮兩人，差能擔當大事」。十月二十八日乘輪由漢口到南京拜訪張之洞，張之洞設宴款待。酒喝到一半，張之洞已經趴在桌上進入夢鄉。袁世凱等了一會兒，起席不辭而別。清制，凡總督進出轅門，照例鳴炮，俗名「放銃」，袁身為直隸總督兼北洋大臣，自當鳴炮禮送。炮聲一響，將張之洞驚醒，他自知失禮，急忙趕到下關，相見各致歉忱，申約後期而別。

在許同莘的《張文襄公年譜》中對此事隱約其詞云：「袁世凱督部回籍營葬，事畢，由汴過漢，赴滬北上。二十八日，道出下關，登岸，公（指張之洞）請稍留，不得。設筵款待，不終席而行，至江干，挽留不及。」何以「不終席而行」，何以到岸邊又挽留不及，其中必有緣故，許同莘後來在張之洞幕府充文案，或知其詳而不欲筆之於書，為已故府主諱耶？而由袁世凱授意門客沈祖憲、吳闓生所寫的欽定傳記《容庵弟子記》（袁世凱字慰庭，號容庵）則隻字不提此事，當是可以理解的。而李伯元的《南亭筆記》雖言之鑿鑿，但與事實不盡相符，只能以小說視之。

梁啟超在光緒二十九年的《新民叢報》對此事有文評論道：「……夫張之待袁，為敬乎？為慢乎？以南洋大臣款北洋大臣之重客，而居然睡熟，則其慢之意可知也。張何為而慢袁？張任粵督時，袁僅一同知，袁以後輩突居上游，張自負老輩，或隱然示之以老督撫之氣派，旋繼之以優禮，其玩弄袁之狀，袁其能終忍之乎？……」梁任公認為張之洞光緒十年就已當到兩廣總督，那時袁世凱還只是一個五品同知，在朝鮮吳長慶軍中「會辦營務處」。連個「學」都沒有「進」過的乳臭小兒，現在居然成了疆臣領袖！最可氣的是，直隸總督兼北洋大臣袁世凱是實授，而兩江總督南洋大臣張之洞反是暫局！這豈不是笑話？但以張的齒德俱尊，與後生小子爭功名，說出去會叫人看不起，因此暗中給袁世凱「示威」一下。

但光緒二十九年五六月間，張之洞過保定，據徐樹錚給馬通伯信云：「……親見項城（袁世凱）率將吏以百數，飭儀肅對，萬態竦約，滿坐屏息，無敢稍解，而公欹案垂首，若寐若寤，呼吸之際，似鼉鼉然隱鼾動矣。……」世人泰半又疑張之洞偃蹇作態，徐樹錚甚至說：「項城每與僚佐憶之，猶為耿耿也。」但說張之洞是故慢以取嫌，則必不如此。實在是張之洞的日常生活，與眾不同，他自以為一天當兩天用。他這一天當兩天，即以午未之交為分界。大致每天黃昏是他的早晨，起床就看公事，見賓客，到午夜進餐，食畢歸寢，往往只是和衣打盹，冬夏都用藤椅，不過冬天加個火爐，這樣睡到凌晨五六點鐘又醒了，辦事見客，直到日中歇手吃飯，飯罷復睡，終年如是。而南京保定兩次宴會，都是在午未之交，是他精神格外不濟之時，頹而不能興矣，並非是有心輕慢，更不是梁任公所說的以倨傲鮮腆之老態凌折同僚。何況光緒三十三年丁未以後，張之洞與袁世凱同入軍機，張之洞極心折袁世凱，一時號為廉（頗）藺（相如）也。黃秋岳亦云這是南皮的生活習慣，「以名士而為達官，既為達官，而仍不脫名士習氣，律己簡慢，待物宏獎」。可謂知言。

◆◇◆◇◆◇

《張文襄幕府紀聞》是辜鴻銘用漢文寫成的唯一著作，記述了他在當幕僚期間的所見所聞七十則。南京大學學者陳堅特別指出：「辜鴻銘寫《張文襄幕府紀聞》並不是像漆園（莊子）作《南華》那樣發一通憤世嫉俗之言，而是像作《易》者那樣表達一種憂患意識。而且，他還特別用『漢濱讀易者』來作這本並非易學著作的書的署名，其用意赫然可見一斑。那麼，辜鴻銘到底憂的是什麼、患的又是什麼呢？他『摧愴於懷』的憂患便是『時事滄桑，人道牛馬，其變遷又不知伊於何極』。換言之，清末民初，滄海桑田，周風漢韻之中華古道或傳統文化不幸遭世變而被遺棄，斯文掃地，這便是辜鴻銘的憂患所在。」

《張文襄幕府紀聞》最有名的一則筆記是「亡八蛋」：

學部侍郎喬君謂余曰：「君所發議論，皆是王道。其如不行於今何？」余曰：「天下之道只有二端，不是王道就是亡八蛋之道。孟子所謂『道二，仁與不仁而已矣。』」

這則短短幾十字的「亡八蛋」卻完全可當作體現全書主題的張目之綱來讀，甚至還可將其當作當時中國的社會主題來理解。

辜鴻銘和張之洞都信守傳統儒家文化，對舊文化抱著難以割捨的情誼，這是他們結下深厚情誼的基礎。《張文襄幕府紀聞》書中評論當世之士，除誇讚曾國藩、文祥為大臣，郭嵩濤為上流人之外，其餘甚少見許；即以「國士相待」之張之洞，亦時有微詞，例如辜鴻銘認為張之洞誤信康有為而支持維新變法，他曾提醒過張之洞：「康有為人品卑劣，計畫虛誇不實」，但是「總督聽不進，還說我不懂中國政治」，直到康有為等「露出了猙獰面目」，張之洞才猛然想起他的提醒，辜鴻銘抱怨張之洞不虛心聽取別人的意見。又說：「張文襄學問有餘而聰明不足，故其病在傲；端午橋（端方）聰明有餘而學問不足，故其病在浮。文襄傲，故其門下幕僚多偽君子；午橋浮，故其門下幕僚多真小人。昔曾文正曰：『督撫考無良心，沈葆楨當考第一。』余曰：『近日督撫考無良心，端午橋應考第一。』」對端方、盛宣懷、袁世凱等更是罵到入木三分，挖苦得淋漓盡致。除當面幽默盛宣懷「賤貨貴德」，謂端方「質美而未聞君子之道，雖屬有情，亦如水性楊花之婦女，最易違良心事。」說袁世凱則最為不堪，有「袁在甲午以前，本鄉曲一窮措無賴也，未幾暴富貴，身至北洋大臣，於是營造洋樓，廣置姬妾；及解職鄉居，又復構甲第、置園囿，窮奢極欲，擅人生之樂事，……人稱袁世凱為豪傑，吾所知者袁世凱實賤種耳」。罵得非常苛刻毒辣。

他對袁世凱十分痛恨，因為袁世凱在他的心目中是亂臣賊子。《張文襄幕府紀聞》裡有一則諷刺袁世凱的，妙趣橫生，讓人笑出聲來。丁未年（一九〇七），張之洞和袁世凱由封疆大吏同入軍機。有一天，袁世凱在會見德國公使時說：「張中堂是講學問的。我袁某人可不講學問，我是辦實事的。」袁世凱的幕友將這句話轉告給辜鴻銘，認為這是袁世凱的得意之談。辜鴻銘則回答說：「誠然。然要看所辦是何事。如老媽子倒馬桶，固用不著學問，除倒馬桶外，我不知天下有何事是無學問的人可以辦得好。」如果那位幕僚將這些話再轉述給袁世凱，那麼可以想象，被揶揄為「老媽子倒馬桶」的一代梟雄袁某人，會氣成什麼模樣！

另外如譏誚「各督撫之好吹牛皮」；笑出洋考察憲政之五大臣為「出洋看洋

畫」；指摘李鴻章為曾文正之「罪人」等等，大多是有因而發，而非無的放矢。至於引張爾岐《蒿庵閒話》：世人相見訴窮，便是貪欲影子。這「窮」字斷送多少豪傑一段，說「吾人居今之世，當以『增長氣骨，開通識見』八字書諸紳以自儆。」條條是道，說出當年時政扼要。

弁言

余為張文襄屬吏，粵鄂相隨二十餘年。雖未敢云以國士相待，然始終禮遇不少衰。去年，文襄作古，不無今昔之慨。今夏多閒，摭拾舊聞，隨事紀錄，便爾成帙，亦以見雪泥鴻爪之遺云爾。其間繫慨當世之務，僭妄之罪，固不敢辭。昔人謂漆園《南華》一書，為憤世之言，余賦性疏野，動觸時諱，處茲時局，猶得苟全，亦自以為萬幸，又何憤焉。惟歷觀近十年來，時事滄桑，人道牛馬，其變遷又不知伊於何極。

宣統庚戌中秋漢濱讀易者識

目次

卷上

卷下

卷上

南京衙門

余同鄉李忠毅公之文孫龍田司馬，名惟仁，嘗詆論曾文正公曰：「管仲得君，如彼其專也；行乎國政，如彼其久也；功烈，如彼其卑也。」余謂曾文正功業及大節所在，固不可輕議；然論其學術及其所以籌劃天下之大計，亦實有不滿人意者。文正公《日記》內自言曰：「古人有得名望如予者，未有如予之陋也。」或問：「於何處可以見曾文正陋處？」余曰：「看南京制台衙門規模之笨拙，工料之粗率，大而無當，即可知曾文正公之陋處也。」

不排滿

或問余曰：「曾文正公所以不可及處何在？」余曰：「在不排滿。當時粵匪既平，兵權在握，天下豪傑之士半屬門下；部曲及昆弟輩又皆梟雄，恃功驕恣，朝廷褒賞未能滿意，輒出怨言。當日情形，與東漢末季黃巾起事，何大將軍領袖群雄，袁紹、董卓輩飛揚跋扈無少異。倘使文正公稍有猜忌，微萌不臣之心，則天下之決裂，必將有甚於三國者。天下既決裂，彼眈眈環而伺我者，安肯袖手旁觀，有不續兆五胡亂華之禍也哉？」孔子曰：「微管仲，吾其被髮左衽矣。」我今亦曰：「微曾文正，吾其剪髮短衣矣。」

虎門軼事

前哲有言，人必有性情而後有氣節，有氣節而後有功業。余謂當日中興人才，其節操風采，最足動人景慕者，莫如彭剛直公。猶憶庚申年，中法構釁，剛直公以欽差大臣守粵省虎門，時余初入張文襄幕，因識剛直公左右，得聞其軼事。當時，孝欽皇太后垂念老臣，不時賞賜參貂食物等品。每逢賞品賫至，剛直公一睹天家物，輒感激涕零，哭失聲。庚子年，辜鴻銘部郎名湯生，撰西文《尊王篇》，有曰：「當時匪蹤蔓延十三省，大局糜爛，又值文宗龍馭上賓，皇太后以一寡婦輔立幼主，卒能廓清禍亂，蓋皇太后之感人心、繫人望者，不徒臨政之憂勤也。三十年來迭遭變故，倫常之間亦多隱痛，故將相大臣罔不體其艱難，同心愛戴。」云云。據聞辜部郎《尊王篇》之作，蓋有感於當日所聞剛直公虎門哭失聲一事。

曹參代蕭何

梁啟超曾比李文忠為漢大將軍霍光，謂其不學無術也。余謂文忠可比漢之曹參。當咸、同間，中興人才除湘鄉曾文正外，皆無一有大臣之度。即李文忠，亦可謂之功臣而不可謂之大臣。蓋所謂大臣者，為其能定天下之大計也，孟子所謂「及是時，修其政刑者」也。當時粵匪既平，天下之大計待定者有二：一曰辦善後，一曰禦外侮。辦善後姑且不論，至禦外侮一節，當時諸賢以為西人所以強盛而狎侮我者，因其有鐵艦槍炮耳。至彼邦學術、制度、文物，皆不過問。一若得鐵艦槍炮即可以抵禦彼族。此文正公所定禦外侮之方略也，亦可謂陋矣。洎文忠繼文正為相，一如曹參之代蕭何，舉事無所變更，一遵蕭何約束。如此，又何怪甲午一役，大局決裂，乃至於不可收拾哉？

大臣遠略

余同鄉故友蔡毅若觀察，名錫勇，言幼年入廣東同文館肄習英文，嗣經選送京師同文館肄業。偕同學入都，至館門首，剛下車卸裝，見一長髯老翁，歡喜迎入，慰勞備至。遂帶同至館舍，遍導引觀。每至一處，則告之曰：「此齋舍也，此講堂也，此飯廳也。」指示殆遍，其貌溫然，其言靄然，諸生但知為長者，而不知為何人。後詢諸生曰：「午餐未？」諸生答曰：「未餐。」老翁即傳呼提調官。旋見一紅頂花翎者旁立，貌甚恭。諸生始知適才所見之老翁，乃今日當朝之宰相文中堂也。於此想見我朝前輩溫恭愷悌之風度也。余謂文文忠風度固不可及，而其遠略亦實有過人者。中國自弛海禁後，欲防外患，每苦無善策。粵匪既平，曾文正諸賢籌劃方略，皇皇以倡辦製造廠、船政局為急務。而文忠獨創設同文館，欲培洋務人才，以通西洋語言文字、學術制度為銷外患之要策。由此觀之，文文忠之遠略，有非曾文正諸賢所可及也。

上流人物

國朝張縉〈示張在人書〉曰：「凡人流品之高下，數言可決者，在見己之過，見人之過；誇己之善，服人之善而已。但見己之過，不見世人之過；但服人之善，不知己有一毫之善者，此上流也。見己之過，亦見世人之過；知己之善，亦知世人之善，因之取長去短，人我互相為用者，其次焉者也。見己之過，亦見世人之過；知己之善，亦知世人之善，因之以長角短，人我分疆者，又其次焉者也。世人但見人之過，不見己之過；但誇己之善，不服人之善者，此下流也。」

余昔年至西洋，見各國都城，皆有大戲園，其規模之壯麗，裝飾之輝煌，固不必說，但每演一劇，座客幾萬人，肅然無聲。今日中國所創開各文明新舞台，固欲規仿西制也。然每見園中觀劇座客舉止囂張，語言龐雜，雖有佳劇妙音，幾為之奪。由此觀之，中國比西洋各國之有教無教，即可概見。嘗聞昔年郭筠仙侍郎，名嵩燾，出使西洋，見各國風俗之齊整，回國語人曰：「孔孟欺我也。」若郭侍郎者，可謂服人之善，而不知己有一毫之善，是之謂上流人物。

書生大言

甲申年，張幼樵在馬江棄軍而遁，後又入贅合肥相府，為世所訢。余謂好大言原是書生本色，蓋當時清流黨群彥之不滿意於李文忠，猶如漢賈生之不滿意於絳侯輩。夫絳侯輩固俗吏也，賈生固經學儒生也，然當時若文帝竟能棄其舊而謀其新，命賈生握兵符為大將，果能繫單于之頸而不為張佩綸馬江之敗衄者幾希。至入贅相府一節，此猶見合肥相國雅量，尚能愛才，若漢之絳侯、陳平輩，試問肯招賈生入贅為婿耶？

五霸罪人

庚子拳匪肇釁，兩宮巡狩西安。李文忠電奏有曰：「毋聽張之洞書生見解。」當時，有人將此語傳入張文襄。文襄大怒曰：「我是書生，他是老奸巨滑。」至今文襄門下論及李文忠，往往痛加詆詈。余曰：「昔孟子有言：『五霸者，三王之罪人。今之諸侯，五霸之罪人也。』」余謂今之李文忠，曾文正之罪人也。今之督撫，又李文忠之罪人也。

清流黨

或問余曰：「張文襄比曾文正，何如？」余曰：「張文襄，儒臣也；曾文正，大臣也，非儒臣也。三公論道，此儒臣事也；計天下之安危，論行政之得失，此大臣事也。國無大臣則無政，國無儒臣則無教。政之有無，關國家之興亡；教之有無，關人類之存滅。且無教之政，終必至於無政也。當同、光間，清流黨之所以不滿意李文忠者，非不滿意李文忠，實不滿意曾文正所定天下之大計也。蓋文忠所行方略，悉由文正手所規定。文忠特不過一漢之曹參，事事遵蕭何約束耳。至文正所定天下大計之所以不滿意於清流黨者何？為其僅計及於政而不計及於教。文忠步趨文正，更不知有所謂教者，故一切行政用人，但論功利而不論氣節，但論材能而不論人品。此清流黨所以憤懣不平，大聲疾呼，亟欲改弦更張，以挽回天下之風化也。蓋當時濟濟清流，猶似漢之賈長沙、董江都一流人物，尚知六經大旨，以維持名教為己任。是以文襄為京曹時，精神學術，無非注意於此。即初出膺封疆重任，其所措施，亦猶是欲行此志也。洎甲申馬江一敗，天下大局一變，而文襄之宗旨亦一變，其意以為非效西法、圖富強，無以保中國；無以保中國，即無以保名教。雖然，文襄之效西法，非歐化也。文襄之圖富強，志不在富強也。蓋欲借富強以保中國，保中國即所以保名教。吾謂文襄為儒臣者以此。厥後文襄門下，如康有為輩，誤會宗旨，不知文襄一片不得已之苦心，遂倡言變法，行新政，卒釀成戊戌、庚子之禍。東坡所謂其父殺人報仇，其子必且行劫，此張文襄《勸學篇》之所由作也。嗚呼！文襄之作《勸學篇》又文襄之不得已也，絕康梁並以謝天下耳。韓子曰：「荀子大醇而小疵。」吾於文襄亦云然。

孔子教

一日，余為西友延至其家宴會，華客唯余一人，故眾西客推余居首座。及坐定，宴間談及中西之教，主人問余曰：「孔子之教有何好處？君試言之。」余答曰：「頃間諸君推讓，不肯居首座，此即是行孔子之教。若行今日所謂爭競之教，以優勝劣敗為主，勢必俟優勝劣敗決定後，然後舉箸，恐今日此餐，大家都不能到口。」一座客粲然。《傳》曰：「道也者，不可須臾離也。」孔子六經之所謂道者，君子之道也。世必有君子之道，然後人知相讓。若世無君子之道，人不知相讓，則飲食之間，獄訟興焉；樽俎之地，戈矛生焉。余謂教之有無，關乎人類之存滅，蓋以此也。

新算學

辜鴻銘部郎云：「日本故相伊藤侯，甲午後解職來遊中國。至武昌，適余所譯《論語》英文告成付刊，即詩一部贈之。伊藤侯謂余曰：『聞君素精西學，尚不知孔子之教，能行於數千年前，不能行於今日之二十世紀乎？』余答曰：『孔子教人之法，譬如數學家之加減乘除。前數千年其法為三三如九，至如今二十世紀，其法亦仍是三三如九，固不能改如九為如八也。』」云云。予聞此言，謂辜部郎曰：「君今尚不知目今二十世紀數學之改良乎？前數學謂三三如九，今則不然。我借洋款，三三如九則變作三三如七；俟我還洋款，三三如九則變作三三如十一。君尚不知此，無怪乎人謂君不識時務也。」

孟子改良

陶靖節詩云：「詩書復何罪，一朝成灰塵。區區諸老翁，為事誠殷勤。」此言詩書自遭狂秦之火，至漢代真讀書人始稍能伸眉吐氣，然亦老矣。檢收殘編，亦多失其真。且當時守舊黨如董仲舒輩，欲售其頑固之奸，恐亦不免改竄原文。近有客自遊日本回，據云在日本曾見有未遭秦火之《孟子》原本，與我今所謂《孟子》七篇，多有不同。譬如首章，其原本云：「孟子見梁惠王，王曰：『叟，不遠千里而來，仁義之說可得聞乎？』孟子對曰：『王何必仁義，亦有富強而已矣。』」云云。又如「孟子道性善，言必稱堯舜」一章，其原本云：「孟子道性惡，言必稱洋人。」云云。

踐跡

子張問善人之道，子曰：「不踐跡。」朱子解曰：「善人質美而未學。」又引程子言曰：「踐跡，如言循途守轍。善人雖不必踐舊跡，而自不為惡。」余竊以為「踐跡」一解，蓋謂行善事不出諸心，而徒行其外面之形跡，即宋儒所謂客氣。如「有事弟子服其勞，有酒食先生饌」，此皆所謂踐跡之孝也，故孔子不謂之孝。曾子論子張曰：「堂堂乎張也，難與並為仁矣。」朱子謂堂堂容貌之盛，言其務外自高。務外自高，而欲學為聖人之道，其學必不能化，其弊必至於踐跡。故子張問善人之道，子曰：「不踐跡。」此孔子對症下藥也。

蓋學聖人之道而踐跡，即欲求為善人而不可得，況聖人乎？後有荀卿，亦學為聖人之道者。其學終至於大醇而小疵，蓋亦因務外自高所致。東坡論荀卿曰：

「其為人必也剛愎不遜，自許太過。」是亦自高之一證也。今日張文襄亦出自當日清流黨，夙以維持聖人之道自任。而其門下康梁一出，幾欲使我中國數千年來聲明文物，一旦掃地淨盡。東坡謂荀卿明王道、述禮樂，而李斯以其學亂天下。噫！學為聖人之道不化，而至踐跡，其禍之烈，一至於斯。然其致病之原，乃由務外自高所致。禹對舜之言曰：「無若丹朱傲。」傅說之對高宗曰：「惟學務遜志時敏厥修乃來，傲與遜之間。」此聖學純粹與不純粹之所由判也。

務外

荀子〈儒效篇〉云：「我欲賤而貴，愚而智，貧而富，可乎？曰：其唯學乎！」「向也，混然塗之人也，俄而並乎堯禹，豈不賤而貴矣哉？向也，效門室之辨，混然曾不能決也，俄而原仁義、分是非，圖回天下於掌上而辨白黑，豈不愚而智矣哉？向也，胥靡之人，俄而治天下之大器舉在此，豈不貧而富矣哉？」按：荀子勸學不可謂不勤，然猶不免歆學者以功利。荀子譏墨之言曰：「墨子蔽於用而不知文。」余謂荀子亦蔽於用而不知學。何謂學？曰：正其誼不謀其利，明其道不計其功。夫明道者，明理也。理有未明而欲求以明之。此君子所以有事於學焉。當此求理之時，吾心只知有理，雖堯禹之功不暇計，況榮辱、貧富、貴賤乎？蓋凡事無所為而為則誠，有所為而為則不誠，不誠則偽矣。為學而不誠，焉得有學？此荀子之學所以不純粹也」。猶憶昔年張文襄貲遣鄂省學生出洋留學。瀕行，諸生來謁。文襄臨別贈言慰之，曰：「生等到西洋，宜努力求學，將來學成歸國，代國家效力，帶紅頂，作大官，可操券而獲。生等其勉之！」云云。此與荀子〈儒效篇〉勉勵學者語，又奚以異？余謂文襄之學本乎荀子者，蓋為其務外自高，故未脫於功利之念也。昔孔子有言：「古之學者為己，今之學者為人。」知此，則可以言學。

生子

袁簡齋言，昔方望溪先生有弟子某，年逾商瞿，戚戚然以無子為慮。先生曰：「汝能學禽獸，則有子矣。」先生素方嚴，忽作謾語。其人愕然問故，先生曰：「男女構精，萬物化生，此處有人欲而無天理。今人年過四十，便有為祖宗綿血氣意，將天理攙入人欲中，不特欲心不熾，難以成胎，而且以人奪天，遂為造物所忌。子不見牛羊犬豕乎？其交也如養由基之射，一發一中，百發百中，是何故哉？蓋禽獸無生子之心，為陰陽之鼓蕩，行乎其所不得不行，止乎其所不得不止，遂生乎其所不得不生。」余謂此無關乎天理人欲也，斯即《中庸》所謂「天地之道，可一言而盡：其為物不貳，不貳則誠，誠則有功」。吾人當求學之時，不可存有國家之念。猶如人欲生子，不可存有祖宗之心。董仲舒曰：「正其誼，不謀其利；明其道，不計其功。」余曰：「正其誼，不謀其利，則可以生子；明其道，不計其功，則可以得真學問。」

為人

《牡丹亭》曲本有艷句云：「一生兒愛好是天然」。此原本於《大學》「如好好色」之意。余謂：今日人心之失真，即於冶遊、賭博、嗜欲等事，亦可見一斑。孔子曰：「古之學者為己，今之學者為人。」余曰：「古之嫖者為己，今之嫖者為人。」

公利私利

余隨張文襄幕最久，每與論事，輒不能見聽。一日，晤幕僚汪某，謂余曰：「君言皆從是非上著論，故不能聳聽。香帥為人，是知利害不知是非。君欲其動聽，必從利害上講，始能入。」後有人將此語傳文襄耳，文襄大怒，立召余入，謂余曰：「是何人言余知利害不知是非？如謂余知利害，試問余今日有偌大家事否？所謂利者安在？我所講究者乃公利，並非私利。私利不可講，而公利不可不講。」余對曰：「當日孔子罕言利，然則孔子亦講私利乎？」文襄又多方辯難，執定公利私利之分，謂公利斷不可不講。末後余曰：「《大學》言：『長國家而務財用者，必自小人矣。』然則小人為長國家而務財用，豈非亦係言公利乎？」於是文襄默然讓茶，即退出。今日余聞文襄作古後，竟至囊橐蕭然，無以為子孫後輩計，回憶昔年公利私利之言，為之愴然者累日。

權

張文襄嘗對客論余曰：「某也知經而不知權。」余謂文襄實不知所謂權者。蓋凡所以運行天地間之物，惟理與勢耳。《易傳》曰：「形而上者謂之道，形而下者謂之器。」道者，理之全體也；器者，勢之總名也。小人重勢不重理，君子重理不重勢。小人重勢，故常以勢滅理；君子重理，而能以理制勢。欲以理制勢，要必知所以用理。權也者，知所以用理之謂也。孔子曰：「可與共學，未可與適道；可與適道，未可與立；可與立，未可與權。」所謂可與適道者，明理也；可與立者，明理之全體而有以自信也；可與權者，知所以用理也。蓋天下事非明理之為難，知所以用理之為難。權之為義，大矣哉！譬如治水，知土能克水，此理也。然但執此理以治水患，則必徒為堵禦之防。如此，水愈積愈不可防，一旦決堤而溢，其害尤烈於無防也。此治水者之知經而不知權也。知權者，必察其地勢之高下，水力之大小，或不與水爭地而疏通之，或別開溝渠河道而引導之，隨時立制，因地制宜，無拘拘一定成見，此之謂知所以用理也。

竊謂用理得其正為權，不得其正為術。若張文襄之所謂權，是乃術也，非權也。何言之？夫理之用謂之德，勢之用謂之力。忠信篤敬，德也，此中國之所長也；大艦巨炮，力也，此西洋各國之所長也。當甲申一役，清流黨諸賢但知德足以勝力，以為中國有此德必可以制勝於朝廷，遂欲以忠信篤敬敵大艦巨炮。而不知忠信篤敬，乃無形之物也；大艦巨炮，乃有形之物也。以無形之物，攻有形之物，而欲以是奏效於疆埸也，有是理乎？此知有理而不知用理以制勢也。甲申以後，文襄有鑒於此，遂欲捨理而言勢。然捨理而言勢，則入於小人之道，文襄又患之。於是，躊躇滿志，而得一兩全之策，曰為國則捨理而言勢，為人則捨勢而言理。故有公利私利之說。吾故曰：文襄不知權。文襄之所謂權者，乃術也，非權也。

廉吏不可為

有客問余曰：「張文襄學之不化，於何處見之？」曰：「文襄自甲申後，亟力為國圖富強。及其身歿後，債累累不能償，一家八十餘口，幾無以為生。《大學》曰：『物有本末，事有終始。知所先後，則近道矣。』又曰：『其本亂而末治者，否矣。』身本也，國末也。一國之人之身皆窮而國能富者，未之有也。中國今日不圖富強則已，中國欲圖富強，則必用袁世凱輩。蓋袁世凱輩欲富其國，必先謀富其身。此所謂以身作則。《傳》曰：『堯舜帥天下以仁，而民從之；桀紂帥天下以暴，而民從之。』文襄帥天下以富強而富強未見，天下幾成餓殍。此蓋其知有國而不知有身，知有國而不知有民也。即此可見其學之不化處。昔陽虎有言：『為富不仁，為仁不富。』君子既欲行有教之政，又欲務財用，圖富強，此其見識之不化，又不如陽虎。」

愛國歌

壬寅年，張文襄督鄂時，舉行孝欽皇太后萬壽，各衙署懸燈結彩，鋪張揚厲，費資巨萬。邀請各國領事大開筵宴，並招致軍界、學界，奏西樂，唱新編愛國歌。余時在座陪宴，謂學堂監督梁某曰：「滿街都是唱愛國歌，未聞有人唱愛民歌者。」梁某曰：「君胡不試編之？」余略一佇思，曰：「余已得佳句四句，君願聞之否？」曰：「願聞。」余曰：「天子萬年，百姓花錢；萬壽無疆，百姓遭殃。」座客嘩然。

半部《論語》

孔子曰：「道千乘之國，敬事而信，節用而愛人，使民以時。」朱子解「敬事而信」曰：「敬其事而信於民。」余謂「信」當作有恆解，如唐詩「早知潮有信，嫁與弄潮兒。」猶憶昔年徐致祥劾張文襄摺內，有參其起居無節一款，後經李翰章覆奏曰：「張之洞治簿書至深夜，間有是事。然譽之者曰夙夜在公，非之者曰起居無節。」按：夙夜在公則敬事也，起居無節則無信也。敬事如無信，則百事俱廢，徒勞而無功。西人治國，行政所以能百事具舉者，蓋僅得《論語》「敬事而信」一語。昔宋趙普謂：「半部《論語》可治天下。」余謂：此半章《論語》亦可以振興中國。今日中國官場上下果能敬事而信，則州縣官不致於三百六十日中，有三百日皆在官廳上過日子矣。又憶劉忠誠薨，張文襄調署兩江。

當時因節省經費，令在署幕僚，皆自備伙食。幕屬苦之，有怨言。適是年會試題為〈道千乘之國〉一章，余因戲謂同僚曰：「我大帥可謂敬事而無信，節用而不愛人，使民無時。人謂我大帥學問貫古今，余謂我大帥學問，即一章《論語》，亦僅通得一半耳。」聞者莫不捧腹。

理財

昔年滬上報章紛傳，盛杏蓀宮保補授度支部侍郎，余往賀。及見，始知事出子虛。坐談間，余謂宮保曰：「今日度支部為財政關鍵，除宮保外，尚有何人勝任愉快？」宮保欿然自抑曰：「理財我不如張宮保。」余曰：「不然，張宮保不如宮保。」宮保曰：「於何見之？」余曰：「張宮保屬吏至今猶是勞人草草，拮据不遑；而宮保僚屬，即一小翻譯，亦皆身擁厚貲，富雄一方。是以見張宮保之不如宮保多多。」宮保聞之，一笑而解。

王顧左右而言他

辜鴻銘部郎云：「昔年余至上海謁盛杏蓀宮保，宮保聞余《中庸》譯英文一書刊成，見索，謂余曰：『《中庸》書，乃是有大經濟之書，乞君檢送一本，為子輩讀。』余對曰：『《中庸》一部要旨，宮保謂當在何句？』宮保曰：『君意云何？』余曰：『賤貨貴德。』宮保乃顧左右而言他。」云云。

官官商商

曾文正〈復劉印渠制軍書〉云：「自王介甫以言利為正人所詬病，後之君子，例避理財之名，以不言有無、不言多寡為高。」實則補救時艱，斷非貧窮坐困所能為力。葉水心嘗謂仁人君子，不應置理財於不講，良為通論。余謂財固不可不理，然今日中國之所謂理財，非理財也，乃爭財也。馴至言理財數十年，其得財者，惟洋場之買辦，與勸業會之闊紳。昔孔了曰：「君君，臣臣，父父，子子。」余謂今日中國欲得理財之道，則須添二句曰：「官官，商商。」蓋今日中國大半官而劣則商，商而劣則官，此天下之民所以幾成餓殍也。《易傳》曰：「損上益下謂之泰，損下益上謂之否。」知此，則可以言理財。

愛官

近年朝廷整理財政，注意在絕中飽。然此猶治標，非治本也。今日民困固深，而官貧亦迥異尋常，如刻核太至，其害將甚於中飽。曾文正所謂愛其赤子而餓其乳母，則是兩斃之道。張殿撰季直曾謂余曰：「中飽固不可，而中餓更不可。」余曰：「中飽則傷廉，中餓則傷仁。兩不免皆有所傷，寧可傷廉而不可傷仁。」昔國朝蔡漳浦先生〈復鄭魚門書〉曰：「士子廉隅不飭，欲啟其羞惡之心，不若發其惻隱之心。惻隱者，仁也。惻隱之心一摯，則己私自消，親親仁民愛物，一以貫之，羞惡辭讓是非，相因而有。」此謂知本之論。

亡八蛋

學部侍郎喬君謂余曰：「君所發議論，皆是王道。其如不行於今何？」余曰：「天下之道只有二端，不是王道，就是亡八蛋之道。孟子所謂『道二，仁與不仁而已矣』」。

禁嫖賭

余嘗謂客曰：「周之末季，自荀卿以後無儒者；今自張文襄以後，亦無儒臣。」客曰：「現在南洋大臣張安圃出示，禁止官界、學界、軍界嫖賭，以維持風化自任，豈不歸然一儒臣乎？」余答曰：「孔子言：『道之以政，齊之以刑，民免而無恥。道之以德，齊之以禮，有恥且格。』出示禁嫖賭，是道之以政，齊之以刑也。此行政也，非行教也。然行政亦須知大體。蓋嫖賭是傷風化之事，唯禮教可以已之，非刑罰所能治。刑罰所能治者，作奸犯科之事耳。小民嫖賭，易於聚眾滋事，擾害地方。此作奸犯科之事，得以刑法治之，故出示禁止，猶可說。至出示禁止職官嫖賭，即以行政大體論，亦乖謬已極。古人刑不及大夫，蓋欲養其廉恥也。夫以刑政施於小民，孔子猶懼其無恥。小民無恥，尚可以為國；

至使職官士大夫而無恥，吾不知其何以能為國耶。今日職官放浪冶遊，有失威重，固足以傷風化。若督撫不明大體，乃至將督部堂煌煌告示黏貼妓館娼寮，以為維持風化，不知其敗壞風化，實有千百倍於士大夫之冶遊放浪者。君謂張安圃為儒臣，安圃如此不明大體，是焉得為儒臣？」張安圃是幼樵胞侄，當時亦清流一派，幼樵入贅合肥相府，而安圃亦與袁世凱結兒女姻親。所謂清流者如是如是。昔班孟堅論西漢諸儒，如張禹、孔光輩，曰：「服儒衣冠傳先王語，其醞藉可也。然皆持祿保位，被阿諛之譏。以古人之跡見繩，烏能勝其任乎？」

倒馬桶

丁未年，張文襄與袁項城由封疆外任，同入軍機。項城見駐京德國公使曰：「張中堂是講學問的，我是不講學問，我是講辦事的。」其幕僚某將此語轉述於余，以為項城得意之談。予答曰：「誠然。然要看所辦是何等事。如老媽子倒馬桶，固用不著學問。除倒馬桶外，我不知天下有何事是無學問的人可以辦得好。」

賤種

有西人問余曰：「我西人種族有貴種、賤種之分，君能辨別之否？」余對曰：「不能。」西人曰：「凡我西人到中國，雖寄居日久，質體不變，其狀貌一如故我，此貴種也。若一到中國，寄居未久，忽爾質體一變，碩大蕃滋，此賤種也。」余詢其故，西人答曰：「在中國，凡百食品，其價值皆較我西洋各國低賤數倍。凡我賤種之人，以其價廉而得之易，故肉食者流，可以放量咀嚼。因此到中國未久，質體大變，肉累累墳起，大腹龐然，非復從前舊觀矣。」余謂袁世凱甲午以前，本鄉曲一窮措無賴也。未幾暴富貴，身至北洋大臣，於是營造洋樓，廣置姬妾。及解職鄉居，又復構甲第，置園囿，窮奢極欲，擅人生之樂事，與西人之賤種一至中國輒放量咀嚼者無少異。莊子曰：「其嗜欲深者，其天機必淺。」孟子曰：「養其大體為大人，養其小體為小人。」人謂袁世凱為豪傑，吾以是知袁世凱為賤種也。

貴族

嘗考英吉利立國，原始宋真宗年間。有北族人據法蘭西西北郡，適英國內亂，北族王率大眾渡海平之，遂立為英王。於是國內北族為貴人，土族則概為平民。後有平民中俊秀者，乃得脫平民籍為士類，故至今英民分三等：曰貴族，曰士類，曰平民。近英國名下士艾諾爾德氏論其國風俗，謂「我英人平民耐勞苦，尚力行；士類好學尚智；貴族本北方之強，好勇尚氣節」云云。余謂今日滿人，即我中國之貴族也。滿人亦如英之北族，以武功立國，故至今猶以氣節稱，我漢人實遜焉。即以近年學西文學生觀之，亦可略見一班。其回國舊班學生不得意者不必論，其得意者無不身擁厚貲，以豪侈自雄。惟前外務部侍郎升任荊州將軍聯春卿留守名芳，前在北洋為李文忠僚屬十有餘年，歷辦要差。文忠門下之凡諳西文如羅豐祿輩，皆腰纏巨萬，作富家翁。獨聯留守至今猶家如寒素，清操可風，真不愧為貴族人。

翩翩佳公子

國朝張履祥論教弟子曰：「凡人氣傲而心浮，像之不仁，朱之不肖，只坐一傲而已。人不忠信則事皆無實，為惡則易，為善則難。傲則為戾為很，浮則必薄必輕。論其質，固中人以下者也。傲則不肯屈下，浮則義理不能入。不肯屈下則自以為是，順之必喜，拂之必怒，所喜必邪佞，所怒必正直。義理不能入，則中無定主，習之即流，誘之即趨。有流必就下，有趨必從邪。此見病之勢有然者也。余謂學問有餘而聰明不足，其病往往犯傲；聰明有餘而學問不足，其病往往犯浮。傲則其學不化，浮則其學不固。其學不化，則色莊；其學不固，則無恆。色莊之至，則必為偽君子；無恆之至，則必為真小人。張文襄學問有餘而聰明不足，故其病在傲；端午橋聰明有餘而學問不足，故其病在浮。文襄傲，故其門下幕僚多偽君子；午橋浮，故其門下幕僚多真小人。

昔曾文正曰：「督撫考無良心，沈葆楨當考第一。」余曰：「近日督撫考無良心，端午橋應考第一。」或曰：「端午橋有情而好士，焉得為無良心？」余答曰：「朱子解善人曰：『質美而未學。』端午橋則質美而未聞君子之道者也。聰明之人處濁亂之世，不得聞君子之道，則中無定主，故無恆。無恆人雖屬有情，亦如水性楊花之婦女，最易為無良心事。吾故謂督撫考無良心，端午橋所以當考第一也。至其好士，亦不過如戰國四公子、呂不韋之徒，有市於道，借多得士之名以傾動天下耳。豈真好士哉？雖然，既曰質美，端午橋亦可謂今日翩翩濁世之佳公子也。

庸言庸行

英國名宰相論用人有云：「國家用人，宜重德行而不宜重非常之才。天下之人既不可無君長，而君長之事有大小輕重，即尋常之識量，亦未嘗不可以勝任。蓋造物於經理天下之事，未嘗秘有玄妙之理，一若非一二聖智之人，不可求解。惟忠信、廉正、儉約諸庸德，此固人人之所能。人果能行此，且加以閱歷虛心，於從政何難之有？若無德行，雖恃絕等高才，焉能有濟？故凡有才無德之人，斷不可以任用。蓋秉性敦厚而才識不足者，固能遺誤事機，然其害豈若彼心術邪僻，且有大才足以鋪張揚厲、粉飾其邪僻者之能敗壞國家，至於不可補救耶？」云云。此言庸德也。余嘗撰聯以自勖曰：「不忮不求，淡泊明志；庸言庸行，平易近人。」即此意云。

不吹牛毴

壬寅年張文襄在鄂，奉特旨入都陛見，余偕梁崧生尚書隨節北上。時梁尚書得文襄特保，以候補道員奉旨召見。退朝告余曰：「今日在朝房，聞錫清帥對客言曰：『如咱們這種人，如何配得作督撫？』君試志之。此君子人也。」後有客謂余曰：「今日欲觀各督撫之器識才能，不必看他做事，但看他用人；不必看他所委署差缺之人，但看他左右所用幕僚，即可知其一二。」余答曰：「連他左右幕僚亦不必看。欲觀今日督撫之賢否，但看他吹牛毴不吹牛毴。人謂今日中國將亡於外交之失敗，或亡於無實業。余曰：中國之亡，不亡於實業，不亡於外交，而實亡於中國督撫之好吹牛毴也。《毛詩》有云：『具曰予聖，誰知烏之雌雄？』今日欲救中國之亡，必從督撫不吹牛毴作起。孔子謂：『一言可以興邦。』曰：『為君難，為臣不易。』如錫清帥其人者，可謂今日督撫中佼佼者矣。」

頌詞

管異之嘗謂中國風俗之敝，可一言蔽之曰：「好諛而嗜利。」嗜利固不必論，而好諛之風，亦較昔日為盛。今日凡有大眾聚會及宴樂事，必有頌詞，竭力諂諛。與者受者，均恬不知怪。古人有諛墓之文，若今日之頌詞，可謂生祭文也。猶憶張文襄督鄂時，自庚子後，大為提倡學堂。有好事者創開學堂會，通省當道官員、教員、學生到者數百人，有某學堂監督梁某特撰長篇頌詞，令東洋留學生劉某琅琅高讀，興會淋漓，滿座肅然。適傍有一狂士，俟該留學生讀畢，接聲呼曰：「嗚呼哀哉，尚饗。」聞者捧腹。

馬路

有某省某中丞奉旨辦新政，聞西洋有馬路，即欲仿照舉辦。然又聞外洋街道寬闊，中築馬路，兩邊以石路廂之，以便徒步人行走。今省城民間街道狹隘，礙難開闢。後聞南京、武昌業經舉行，民亦稱便，遂決意辦馬路。既成，又在上海定購洋式馬車。出門拜客皆乘馬車，不用肩輿，亦覺甚適意焉。一日，有某道之子，在馬路上馳馬，忽於人叢中衝倒一老媼，幾斃命。行路人皆為不平。道臺之子停馬，鞭指而罵曰：「撫臺築此路本要給馬走，故不叫作人路，而叫作馬路。你們混帳百姓敢占了馬路，我不送你到警察局懲辦，已算你們造化，還敢同我理論呢。」有一鄉人應曰：「哎喲，大少爺如此說來，如今中國惟有官同馬有路走，我們百姓都沒有路走了。」後某中丞得聞此事，遂即停辦馬路，並不坐馬車。出門拜客，仍乘肩輿。韋蘇州詩云：「自慚居處崇，未睹斯民康。」某中丞亦可謂難得矣。

大人有三待

孔子曰：「君子有三畏。」余曰：「今日大人有三待：以匪待百姓，以犯人待學生，以奴才待下屬。」或問曰：「何謂以匪待百姓？」曰：「今如各省城鎮市以及通衢大道，皆設警察巡邏，豈不是以匪待百姓耶？」曰：「何謂以犯人待學生？」余曰：「今日官學堂學生之功課，與犯人所作苦功同得一苦字耳。至於大人待下屬一節，今日在官場者，當自知之，更不待余解說。袁子才曾上總督書，有曰：『朝廷設州縣官，為民作父母耶？為督撫作奴才耶？』」

不問民

廄焚，子退朝，曰：「傷人乎？」不問馬。今日地方一有事故，內外袞袞諸公，莫不函電交馳，亟問曰：「『傷羊乎？』不問民。噫！竊謂今日天下之大局，外人之為患不足畏，可畏者，內地思亂之民耳。民之所以思亂者，其故有二：一曰餓，一曰怨。欲一時即使民不餓，談何容易？故入手辦法，當先使民不怨。今民之餓者，新政使之也；民之怨者，非新政使之也。民非怨新政，怨辦新政之袞袞諸公之將題目認錯耳。我朝廷今日亦知新政累民，然有不得不亟亟興辦者，無非為保民而已，非為保外人，以保袞袞諸公之祿位也。上下果能認清題目，凡辦理新政，事事以保民為心，則雖飢餓以死，民又何怨？孟子所謂「以生道殺民，雖死不怨殺」者，是也。

卷下

真御史

昔司馬溫公論言官，當以三事為先：一不愛富貴，二重惜名節，三曉知治體。三者具而始可稱諫官，然兼之者難矣。國朝陳黃中〈與王次山論諫臣書〉云：「御史之職本無所不當言，而其要在裨主德、肅紀綱、持大體而已。」近日江春霖御史因參權貴褫職，遂慹然去官歸鄉。由此直聲震朝野，人皆曰真御史。余謂江御史不畏強禦，此顧名節也；慹然掛冠而去，此不愛富貴也。然今日國事如此之陵夷，豈是如前代朝有大奸大慝，竊政柄以抑揚威福所使然耶？特以上下皆以頑頓無恥為有度，以模棱兩可為合宜，不學無術，以自是其愚，植黨乾沒，以自神其智。此真患得患失之鄙夫，而皆足以亡人家國也。而今日言官即賢如江春霖者，亦未聞上一言以裨主德，建一議以肅紀綱，能使朝野上下革面洗心；徒亟亟攻訐一二貴人瑣屑之陰事，憤憤不平，一若與之有深仇積恨而不能自已。是尚得謂之明大體哉？

西洋議院考略

西洋自古羅馬後皆胡俗，胡人有事，其酋長則集群胡以決可否。後西洋分列邦猶循舊俗，國有大造大疑，國主集群酋議決之。群酋之會曰國會，此西洋中古通例也。宋季嘉定間，英吉利主約翰好講兵，徵賦無厭，英群酋怨之，逼與盟曰：「後欲徵賦，必集國會議可，然後行。」遂立冊書，永為國典。英人謂此盟書曰《大盟冊》。初，西洋俗皆以戰獵為事，強有力者立為酋長。故民分曰世族，曰平民。世族者，酋長族也。當英吉利之立國會也，惟集世族，平民不與焉。久之，郡邑平民之有賢望者，或由群酋舉，或由國主召，亦入國會，於是國會乃分為上、下議院。上院世族居之，下院平民望士居之。及有明中季，英俗罷戰獵，民間皆以耕織懋遷為事。於是國餉皆賴商賈富戶捐輸，乃許巨鎮大埠有捐輸者，各公舉素封之家一人入下議院。至是，議院勢漸盛焉。

國朝初，英吉利主嘉羅斯第一朝用僉人，國用空乏，英主集國會，令下議院派捐，議院不允。英主興兵將誅梗命者，議院亦募民兵與主戰，勝，遂弒之。國大亂。議院望士之統兵者名格朗挖，廢議院，亂乃定，遂秉國政，稱曰護國主。卒，子庸弱，國人復故主嗣嘉羅斯第二。與盟，復立議院。每年一集，議政事不復關白。蓋前國主欲徵餉，始集國會，至是議院之勢彌張焉。嘉羅斯第二卒，弟嗣，又失民望，國人逐之。議院召其女與婿。婿，荷蘭國主也。議院復與盟。至是，議院之勢盛矣。此西洋議院之所由來也。乾隆四十一年，英吉利屬地在亞美利加洲各部落，叛英官會盟，遂立為亞美利加合總邦。法亦多仿英制，設上下議院，且國主由民舉，所謂民主國是也。乾隆五十四年，法蘭西人弒其主，亦仿英制設議院，國遂大亂。那坡倫起，執兵柄，閉議院，亂乃定。後西洋各國皆設議院，惟俄羅斯不置。夫西洋自議院盛，國主遂比諸餼羊，政皆由國人也。孔子曰：「天下有道，庶人不議。」信哉！（近年俄羅斯亦創開國會矣。噫！西洋之亂，於斯已極。近有俄著名學士篤斯堆氏新著一書，名曰《世界末境》，蓋亦有所見而慨乎言之也）。

國會請願書

余嘗謂諸葛武侯之〈前出師表〉，即是一篇真國會請願書。何言之？武侯謂後主曰「宜開張聖聽」云云，此即是請開國會。又曰「宮中府中，俱為一體；陟罰臧否，不宜異同。若有作奸犯科，及為忠善者，宜付有司，論其刑賞，以昭陛下平明之治」云云，此即是請立憲。蓋西洋各國當日之所以開國會立憲者，其命意所在，亦只欲得平明之治耳。今朝廷果能開張聖聽，則治自明。如此，雖無國會，亦有國會；不如此，雖有國會，亦如無國會也。朝廷能視官民上下貴賤俱為一體，陟罰臧否，無有異同，則治自平。如此，雖不立憲，亦是立憲；不如此，雖立憲，亦非立憲。吾故曰：武侯之〈前出師表〉，是一篇真國會請願書。若今日各省代表之所請者，乃是發財公司股東會，非真國會也。蓋真國會之命意，在得平明之治。得平明之治，則上下自為一體，然後國可以立。股東會之命意在爭利權，一國上下皆爭利權，無論權歸於上、權歸於下，而國已不國，尚何權利之有哉？噫！

馬拉馬夫

昔年余至上海，見某國領事，謂余曰：「今日中國督撫凡辦一事，輒畏懼本省紳士，並且有畏懼學生者，尚復成何政體？」余答曰：「此豈不是貴國所謂立憲政體？」領事曰：「是非立憲政體，恐是馬拉馬夫政體。」《書》曰：「罔違道以干百姓之譽，罔咈百姓以從己之欲。」余謂民情固不可咈，然至違道以干百姓之譽，則亂之階也。

夷狄之有君

辜鴻銘部郎云：「甲午後，袁項城為北洋練兵大臣。時守京師者多北洋兵隊。適張文襄奉特旨陛見，項城特派兵隊守衛邸寓。余隨張文襄入都，至天津，見項城。談間，項城問余曰：『西洋練兵，其要旨何在？』余答曰：『首在尊王。』項城曰：『余曾聞君撰有西文《尊王篇》，尊王之意，余固願聞。』余答曰：『西洋各國，凡大臣寓所，有派兵隊守衛者，乃出自朝廷異數。今張宮保入都，宮保竟派兵守邸寓，是以國家之兵交歡同寅。兵見宮保以國家之兵交歡同寅，則兵將知有宮保而不知有國家。一遇疆埸有事，將士各為其領兵統帥，臨陣必至彼此不相顧救。如此，雖步伐齊整，號令嚴明，器械嫻熟，亦無以制勝。吾故曰：練兵之要，首在尊王。』」予聞是語，謂辜部郎曰：「君言今日兵不知有國家，君抑知各省坐官廳之黼黻朝珠者，其心中目中亦皆知有督撫，尚知有國家耶？君於行伍中人又何責焉？」辜部郎曰：「信如君言，中國未經外人瓜分，而固已瓜分矣。」

爛報紙

國朝朱竹垞先生〈秦始皇論〉云：「當周之衰，聖王不作，處士橫議。孟氏以為邪說誣民，近於禽獸。更數十年歷秦，必有甚於孟氏所見者。又從人之徒，素以擯秦為快，不曰嫚秦，則曰暴秦；不曰虎狼秦，則曰無道秦，所以詬詈之者靡不至。六國既滅，秦方以為傷心之怨，隱忍未發，而諸儒復以事不師古，交訕其非。禍機一動，李斯上言，百家之說燔，而《詩》、《書》亦與之俱燼矣。嗟呼！李斯者，荀卿之徒，亦嘗習聞仁義之說，豈必以焚《詩》、《書》為快哉？彼之所深惡者百家之邪說，而非聖人之言；彼之所坑者亂道之儒，而非聖人之徒。又謂邪說之禍，其存也，無父無君，使人陷於禽獸；其發也，至合聖人之書燼焉。然則非秦焚之，處士橫議焚之也。」余以為秦始皇所焚之書，即今日之爛報紙；始皇所坑之儒，即今日出爛報紙之主筆也。勢有不得不焚、不得不坑者。

讀書人

袁簡齋〈原士論〉曰：「士少則天下治，何也？天下先有農工商後有士。農登穀，工製器，商通有無。此三民者，養士者也。所謂士者，不能養三民，兼不能自養也。然則士何事？曰尚志。志之所存，及物甚緩。而其果志在仁義與否，又不比穀也、器也、貨之有無也，可考而知也。然則何以重士？曰：此三民者，非公卿大夫不治，公卿大夫非士莫為。惟其將為公卿大夫以治此三民也，則一人可以治千萬人，而士不可少，正不可多。舜有五臣，武王有亂臣十人，豈多乎哉？士既少，故教之易成，祿之易厚，而用之亦易當也。今則不然，才僅任農工商者為士矣，或且不堪農工商者亦為士矣。既為士，則皆四體不勤，五穀不分，而妄冀公卿大夫。冀而得，居之不疑；冀而不得，轉生嫉妒，造誹謗，而怨上之不我知。上之人見其然也，又以為天下本無士，而視士愈輕，士乃益困。嗟乎！天下非無士也，似士非士者雜之，而有士如無士也。」

余謂今日中國不患讀書人之不多，而患無真讀書人耳。乃近日上下皆倡多開學堂、普及教育為救時之策，但不知將來何以處如此其多之四體不勤、五穀不分而妄冀為公卿大夫之人耶？且人人欲施教育而無人肯求學問，勢必至將來遍中國皆是教育人員，而無一有學問之人，何堪設想！

督撫學堂

昔年京師擬創辦稅務學堂，余適在武昌，見端午橋，因談及是事。午橋謂余曰：「現在中國亟須講求專門學問，鄙意欲在鄂省亦創設鳌金學堂。」余曰：「既有鳌金學堂，則州縣官亦不可無學堂。」午橋曰：「誠然。」余正襟而對曰：「如此，督撫亦不可無督撫學堂。」午橋聞之，乃大笑。竊謂學問之道，有大人之學，有小人之學。小人之學，講藝也；大人之學，明道也。講藝，則不可無專門學以精其業。至大人之學，則所以求明天下之理。而不拘拘以一技一藝名也。洎學成理明，以應天下事，乃無適而不可。猶如操刀而使之割，鋒刃果利，則無所適而不宜，以之割牛肉也可，以之割羊肉也亦可。不得謂切牛肉者一刀，而切羊肉者又須另製一刀耳。

女子改良

西人見中國市招有「童叟無欺」四字，嘗譏中國人心欺詐，於此可見一斑。余聞之，幾無以置喙。猶憶我鄉有一市儈，略識之無。為謀生計，設一村塾，招引鄉閭子弟，居然擁皋比為冬烘先生矣。為取信鄉人計，特書一帖黏於壁右，曰：「誤人子弟，男盜女娼。」其被誤者蓋已不知凡幾。內有一鄉董子弟，就讀數年，胸無點墨，引為終身恨。嘗語人曰：「我師誤我不淺，其得報也，固應不爽。」人謂：「汝師之報何在？」曰：「其長子已捐道員，而其公女子現亦入女子改良學堂矣。」至今我鄉傳為笑柄。

高等人

昔有一身子極胖大之某教官，頗留心新學，講究改良。聞新到學憲亦極講新學，初謁見，稱學憲為高等人。學憲大怒，以為有心侮己。某教官即逡巡謝曰：「高等人明見：晚生以為中國幾千年來連用字都多欠穩切，極應改良，故如今大學已改為高等學，緣學問之道，只有高等階級，並無所謂闊大者。即如目前，憲臺身子比晚生身子並不大，不過憲臺官階比晚生官階高一等耳。故對憲臺不稱大人，而稱高等人。」

費解

袁簡齋晚年欲讀釋典，每苦辭句艱澀，索解無從，因就詢彼教明禪學者。及獲解，乃嘆曰：「此等理解，固是我六經意旨，有何奧妙？我士人所喜於彼教書者，不過喜其費解耳。」余謂今日慕歐化、講新學家好閱洋裝新書，亦大率好其費解耳。如嚴復譯《天演論》，言優勝劣敗之理，人人以為中國數千年來所未發明之新理，其實即《中庸》所謂「栽者培之，傾者覆之」之義云爾。

不解

昔年陳立秋侍郎名蘭彬，出使美國。有隨員徐某，夙不諳西文。一日，持西報展覽頗入神，使館譯員見之訝然曰：「君何時已諳悉西文乎？」徐曰：「我固不諳。」譯員曰：「君既不諳西文，閱此奚為？」徐答曰：「余以為閱西文固不解，閱諸君之翻譯文亦不解。同一不解，固不如閱西文之為愈也。」至今傳為笑柄。

狗屁不通

近有西人名軌放得苟史者，格致學專門名家。因近年中國各處及粵省常多患瘟疫之症，人民死者無算，憫之，故特航海東來，欲考究其症之所由來。曾遊歷各省，詳細察驗，今已回國，專為著書。其書大旨，謂中國疫症出於放狗屁，而狗之所以病者，皆因狗食性不相宜之雜物。蓋狗本性涼，故凡狗一食雜種涼性之物，則患結滯之病。狗有結滯之病，臟腑中鬱結之穢氣，既不能下通，遂變為毒，不尤其糞門而尤其口出。此即中國瘟疫之毒氣也。總之，此書之大旨，一言可以蔽之，曰：中國瘟疫百病，皆由狗屁不通。噫！我中國謂儒者通天地人，又曰一物不知，儒者之恥，故儒者是無所不通。今若軌苟得史者連放屁之理都通，亦可謂之狗屁普通矣。

看畫

昔有人與客談及近日中國派王大臣出洋考究憲政，客曰：「當年，新嘉坡有一俗所謂土財主者，家資巨萬，年老無子，膝下只一及笄女兒。因思求一快婿入贅，作半子，聊以自慰。又自恨目不識丁，故必欲得一真讀書、宋玉其貌之人而後可。適有一閩人，少年美豐姿，因家貧，往新嘉坡覓生計，借寓其鄉人某行主之行中。土財主時往某行，見美少年終日危坐看書，竊屬意焉。問某行主，知是其里人欲謀事者，遂託某行主執柯。事成，美少年即入贅，作土財家嬌客。入門後無幾何，土財主召美少年曰：『從此若可將我家一切賬目管理，我亦無須再用管賬先生。』美少年赧然良久，始答曰：『我不識字。』土財主駭問曰：

『曩何以見若手不釋卷，終日看書耶？』少年答曰：『我非看書，我看書中之畫耳。』」噫！今中國王大臣出洋考察憲政，亦可謂之出洋看洋畫耳。

華僑

《史記・越王勾踐世家》載范蠡浮海出齊，變姓名，自謂鴟夷子皮，耕於海畔，苦身戮力，父子治產。居無幾何，治產數十萬。齊人聞其賢，以為相。余謂范蠡者，即當日之華僑也。想當日，齊國窮無聊賴之一般官紳大開歡迎會時，必定要請招待員，掛國旗，奏軍樂，吃大餐，有一番大熱鬧。惜太史公紀陶朱公事，未曾將此熱鬧情形以龍門之筆描寫之，至今猶令人費三日思云。

照像

辜鴻銘部郎云：「昔年初到英國，寓學堂教授先生家。一日詣通衢，見道旁駐一高輪馬車，乘坐其上者為美男子，衣服麗都，花簇簇綴冠上，衣緣邊悉用金縷蟠結，似顯者狀。旋見一舊服者，自市肆出，升車，接轡在手，揚鞭而去。余歸告先生曰：『今日見一貴官。』並言其狀。先生曰：『汝誤矣，彼冠簪花、衣金縷衣者，僕也；服舊服者，此僕之主，貴人也。』余曰：『貴人何以不自著金縷衣，而反以施之於僕，胡為耶？』先生曰：『不然，凡貴人欲觀人者也，故衣樸素；賤者欲取觀於人者也，故衣華麗。汝謹志之。』」此與吾《中庸》所謂「衣錦尚絅，惡其文之著也」同義。我中國風俗向賤優伶，固謂其欲取觀於人也。不謂今日中國號稱士大夫者，事事欲取觀於人，即如攝影小照，亦輒印入報紙，以誇眩於人，是亦不知所謂貴賤之分也。噫！陋矣。

發財票

國朝張爾岐先生《蒿庵閒話》云：「荀子曰：『國法禁拾遺，惡民之慣以無分得也。』此語有味。人偶有所得於分之外，必不能復力於分之內，其得失常相敵，而用之也必侈。侈於用而不力，則立盡之術也。原其始，則無分之得為之禍也。」余謂無分之得足以禍民，本國法所宜禁，此乃言禮教之常耳。如近今禁售彩票，蓋亦惡民之慣以無分得也，然亦須觀時局如何。若今日天下多窮無聊賴之人，有時購買一紙彩票，得者無論矣，即不得者，亦尚可作旦暮希望，聊以博生人之趣。今並此生人之趣而亦絕之，吾不知窮無聊賴者以後更作何聊賴耶？

賣窮

袁簡齋《詩話》有句云：「若使桑麻真蔽野，肯行多露夜深來。」此仁人之言也。我中國江、浙兩省素號繁華富庶之區，倚門賣笑者固有其人。然昔年所謂蘇班妓女，其聲價甲於天下，未聞肯跋涉他省作賣笑生涯者。今則不然，凡行省商埠無不有蘇班妓女，展轉營業，托足其間。觀於此，今日中國尚有教養之道耶可慨也！有西人曾謂余曰：「今日上海賣娼者何如此其多？」余曰：「此非賣娼也，賣窮也。」

不枉受窮

國朝張爾岐《蒿庵閒話》云：「鄒吉水曰：『世人相見訴窮，便是貪欲影子。這「窮」字斷送多少豪傑。試看先輩赫赫者，大段窮人。如何他便耐的，今人便不耐？』此處不可不思，先生此言，真我輩藥石。又念耐窮如何得赫赫出來，此中大有事在。不得所事，只知耐窮，一懶惰無能之人而已。要之知所從事，遇窮便自增長氣骨，開通識見。不然富貴枉受富貴，窮亦枉受窮也。勿求增財，但求減用，減欲斯減用矣。」余謂吾人居今之世，當以「增長氣骨，開通識見」八字書諸紳以自儆。

葉君傳

辜鴻銘部郎曾撰《葉澄衷傳》，其文曰：

太史公作《游俠傳》曰：「余悲世俗不察其意，而猥以朱家、郭解等，令與暴豪之徒同類而共笑之也。」云云。近世自我中國弛海禁，沿海編氓，因與外人通市，而暴起致貲財者，不一而足。然或攻剽椎埋，或弄法買奸，宗強比周，侵凌孤弱，類皆鄙瑣齷齪不足道也。我獨見滬上富人葉氏，當初赤手，自掉扁舟以治生，而卒起富至巨萬，又慷慨好義，清刻矜已諾。此猶是古之任俠而隱於商且隱於富者也。葉氏名成忠，字澄衷，先世居浙東之慈溪縣，後遷鎮海沈郎橋，遂家居焉。父名志禹，世為甿之邱泯，後因成忠，三世皆邀追贈榮祿大夫。成忠生六歲而孤，母洪氏撫諸幼弱，居一椽蓬屋，刻苦僅以自給。成忠九歲始就學，未幾，仍以家貧故，從母兄耕。年十一，就佣鄰里。居三年，主婦遇之無狀，成忠慨然曰：「我以母故，忍受此辱，然丈夫寧餓死溝壑耶？」遂辭去，欲從鄉人往上海。臨行無資斧，母乃指田中秋禾為抵，始得成行。至上海時，海禁大開，帆船輪舶麕集於滬瀆。成忠自黎明至暮，掉一扁舟，往來江中，就番舶以貿有無。外人見其誠篤敦謹，亦樂與交易，故常獲利獨厚。同治元年，始設肆於虹口，乃迎母就養。初肆規甚微，然節飲食，忍嗜欲，與佣婦同苦樂，又能擇人而任事，故數年間肆業日益遠大。乃推廣分肆，殆遍通商各埠。又在滬北漢鎮創設繅絲廠、火柴廠以興工業，且以養無數無業遊民。既饒於貲財，自奉一若平素，絕無豪富氣象，若構洋樓、集珍物之類。遇人固肫肫，言必信，行必果，交友必誠。見顯貴士大夫，言猶閭閻如也，毫無諂諛意。又好引重後輩，善體人情，各如其意之所欲，故人樂為用。性好施予，無倦容，無德色。客外雖久，戚鄰有緩急厄困者，茍有請，罔不佽助。待族人尤篤，捐金置祠田，又建忠孝堂義莊，以贍族之貧苦無告者；附以義塾、牛痘局。蔵事則曰：是我母之志也。凡里中之善舉，必力任其成。在滬北購大地立蒙學堂，以教貧窮子弟，撥充十萬金經費。又特倡捐二萬金，建懷德堂。凡肆業中執事，身後或有孤苦無告者，歲時存問，俾免飢寒。至各直省遇有水旱之災，則必出巨資以助賑濟。封疆大吏高其義，嘗請於朝，屢邀寵錫，並傳旨嘉獎。光緒己亥年十月在滬病篤，召其子七人曰：「吾昔日受惠者，各號友竭誠助吾任事者，汝曹皆當厚待勿替，以繼吾志。」卒年六十。先是，由國子監生加捐候選同知，賞戴花翎；薦升候選道，隨帶二級，賞加二品頂戴。余謂王者馭貴馭富之權，操之自上，日漸凌夷，則不馴至一商賈之天下而不已也。悲乎！然世之賢豪不能立功名、布德澤於蒼生，若富而好行其德者，此猶其次耳。故司馬遷曰：「無巖處奇士之行，而長貧賤好語仁義，亦足羞也。」

云云。余謂辜部郎此作乃譏世語，非諛墓之文也，故錄之。

英將戈登事略

戈登，英國名將，名查里斯若耳治，道光十二年春，生於烏利剌城。父為御軍炮隊大將，娶婦宴德庇氏，名以利撒畢。生四子，戈登為季。戈登之先，出於巴克邑之名族，即今英國侯爵亨特利氏之支派也。戈登初在塘墩就學。年十四歲，進烏利剌武備館。十九歲，授御軍工營校。咸豐五年，英人伐俄羅斯，始從征。至俄國，圍西拔斯拖浦海口，在此晝夜守城濠督戰，自咸豐五年春，至城陷始罷。嘗受微傷。先城南既陷，戈登即調赴梗盤，尋仍回西拔斯拖浦。城陷，令毀城中炮臺、船廠。英、俄事平，從勘定俄突新界。

咸豐十年，中外構釁，英人犯我順天。戈登從英軍陷京師，焚圓明園。事平，適中國粵匪亂。同治二年，江浙兩省上游在滬設洋槍隊，將校皆用歐美人，乃向英官商使戈登領之。戈登遂與賊轉戰於江浙兩省，二年間凡三十三戰，克復城邑無算。江浙為中土最富繁之地，數年經賊蹂躪，至是兩省強寇始悉殲平。是役經時一十八月，僅費軍需一百萬金。人皆以為奇功，稱戈登為當時名將。戈登謙遜曰：「平此烏合之賊，豈足稱耶？但緩以時日，中國官兵亦可以平賊也。然中國上官急奏膚功，遂在上海招募外洋無業亡命之徒，欲藉以平賊。不知此輩既以利應，反覆無常，幾將貽害中國，較土匪之禍尤烈耳。鄙人得統此輩，嚴加約束，事後設法遣散，不使為患。此則鄙人所以有微功於中國也。」

當時蘇州克復，江蘇巡撫今相國李公殺降賊，戈登不義之。中國賜戈登萬金，戈登辭之，曰：「鄙人效力中國，實因憫中國百姓之荼炭，鄙人非賣劍客也。」同治三年，自中土回國，游橐索然如故。尋擢補格列弗司恩海口軍領工程隊。居此六年，每於公餘之暇，籌給貧乏，遇有病疾者施醫藥。民間流離無依小兒，皆為收養，教之讀書，或薦至各船佣工，不使失所。先英、俄諸國，議開溧扭河，准各國商船出入，各派使守河口。同治十三年，戈登解任，簡赴渤波勒卡利亞國，為溧扭河河口使。

光緒元年，戈登應埃及王之聘至蘇丹。先是，埃及國沿尼羅河南邊近赤道之境，總名曰蘇丹，皆沙漠荒野之地。然此域土地寬闊，極南近又尋得大湖數處。埃及王曾令英人伯客沙謬往開闢，二年未竣事，辭職去。王聘戈登，仍令往接辦其事。戈登在此煙瘴絕域三年，竭力任其事。凡地理之險阻，天時之惡劣，以及土人之悍梗，皆以堅心毅志勝之。沿尼羅河一帶，皆設汛兵，又自埃及定造輪船，使上駛尼羅河。遇灘水淺，即將船折為數段，過灘後，仍再全攏。於是，蘇丹南境大湖曰亞勒伯垊恩舍，始有輪船行走。戈登在此苦心竭力任事，其意不在徒得土地之利，蓋此域土人之強者，向劫掠人口，販鬻為奴，戈登至此，即欲化其俗，禁販奴事。然蘇丹西境有二省，曰哥爾多番，曰達爾夫，此皆為販奴者淵藪。兩省不歸戈登一人統轄，則販奴之事實不能禁絕。埃及王及不授此兩省，故於光緒二年，戈登遂辭職回國。

光緒三年春，經埃及王再三重請，戈登乃復至埃及，授蘇丹全境總督。凡北自尼羅河之第二灘，至南境之大湖，東自紅海，至西境義特湖諸水發源之處，皆歸戈登統轄。三年之間，遍巡諸地，居無定所。時或至東境，與啞比西尼亞國諸部勘定疆界；時或輕騎減從，驟至西境達爾夫省，捕拿販奴暴客，並以懾服部酋之倔強者。常竟月在駱駝背上，未嘗解鞍。政令一出，志在必行。境內強暴雖多，沙漠烈日雖酷，皆不能稍抑其堅力銳志。又四出無黨，土人視之猶鬼神出沒，無所不至，故諸部蠻夷皆為震服。而蘇丹境至此始有王法政令行焉。當時外人在埃及獻說，干預政事，王大臣不能鎮定，遂聽外人遊說，紛紛更改法制，以致政令朝出而暮改。於是戈登在蘇丹，覺事事掣肘，於光緒六年，遂又解職回國。此年英國簡命子爵黎本為印度經略大臣，黎本辟戈登為參軍記室，同至印度。無幾，戈登覺經略幕僚意見與已不能合，即請解任。適中國與俄國為伊犁事抵牾，中國洋關總稅司赫德徑電請戈登至中國商量事件。戈登此行，英國政府因戈登係英國職官，干預中俄事，恐貽俄人口實，故電止戈登，令即時回國。戈登復電曰：「我至中國為排難而已，如朝廷因我係職官，恐貽口實，請悉除銜職，則萬無誤事。」

戈登至北京，見總理各國事務大臣，力陳中國武備不修，戰無策，不如遷就護大局。大臣問曰：「如事決裂，肯相助否？」對曰：「事如決裂，皇帝肯遷駕內地，鄙人當為中國效力任疆場事。」後事遂解。當時戈登行至天津，見中國北洋大臣李文忠。文忠對外人怨北京諸大臣主戰誤國事。有某國公使勸中國李文忠借戈登力，擁兵至京師，黜諸大臣，廢皇帝，自立為皇帝。戈登聞之嘆曰：「鄙人雖一武夫，做事何肯鹵莽至此耶？」戈登回國。是時英國阿爾蘭島富豪世族兼併貧戶，私斂重於公稅，民庶困窮，亂人充斥。戈登因往。遍歷阿爾蘭諸郡，目睹田疇荒蕪，農夫凍餓，遂條陳變田租法，朝議不可，然所建白皆切時弊。後數年，英廷竟改阿爾蘭田租法，本戈登意也。戈登條陳多忤朝臣意，自知在朝必不得大用。適英屬地毛里西亞島統兵大將出缺。毛里西亞在印度洋大海中，一孤島也。英人置戍兵，英官畏遠戍，皆不願往。戈登遂自請往署焉。戈登官斯島一年，軍民稱之。

會阿非利加洲極南有英屬地曰岌樸（或曰好望角），英人建埠頭，闢地利。英民與鄰境番部時有爭鬥，官吏不善處置，各部遂叛英國。駐岌樸大臣因請英廷特派戈登往，調停其事。戈登即由毛里西亞航海至岌樸，檢察情由，即上書大臣曰：「番部之叛，皆由官吏不能約束本國人，使侵害番人。今擬先簡嚴正之員，令其約束本國人，然後可以服番眾而保無虞也。」乃條陳處置法。然所議皆為大臣幕僚梗阻不行，戈登遂請解任回國。戈登既在閒散之列，請假往遊猶太國。猶太，昔西人教主耶穌生育行教之地，多古名勝。戈登至此，感古今興衰滄變之跡，遍歷瀏覽一年始回國。

是時埃及國南境之地，自戈登去後，官吏貪酷虐民，各屬回部皆叛起，殺官吏，攻官兵，有大酋自稱救世主，奉天命復回教，誅無道。埃及官兵意被困在嘎墩城。於是埃及王乃請於英廷，借一大將，使救出困兵。英廷仍派戈登隨帶將校二員，至嘎墩城。時圍尚未迫，戈登即欲率被圍官兵出城；然城中避難官吏及家屬老弱婦女萬餘人，戈登不忍棄之，故留守。先將婦女二千餘人護送出境。逮及城圍既重，英廷有電催戈登率部曲棄城。戈登復電曰：「軍民為我抗賊守城，今事迫及棄之，此豈丈夫之所為耶？」戈登在圍已五閱月，外援已絕，糧食將盡，然猶從容督率軍民拒守。於是英廷乃撥兵，合埃及官兵溯尼羅河赴救。兩月後，救兵始至，然城已陷。戈登卒被害，時年五十三歲。喪耗至英國，官民皆哀傷之。英廷賜其家屬十萬金，並為鑄銅像於都城，以志其忠烈云。

贈日本海軍少佐松枝新一氏序

光緒二十三年歲次丁酉，日本國海軍少佐松枝氏新一領其國戰艦，來遊長江。時余差次武昌省垣，蒙松枝君，屈駕來訪，余亦詣戰艦答禮。遂即在漢皋邀集東客六七人，借西人酒市，命酒敘談。主客萍水相逢，歡若平生，余心感焉。余少遊西洋各國，習其語言文字，因略識其沿革立國緣由。夫西洋近百年來，風氣盛開，講智術，精造器。惟生齒日繁，故航海東來，於是東洋諸國，因亦多事。我中國自古聖人教民重道不尚器，故製造器械，皆遠遜西人。兼以近來中國民俗苟安，士氣不振，故折衝禦侮，常苦無策。惟日本與我華義屬同族，書亦同文，且文物衣冠，猶存漢、唐古制，民間禮俗，亦多古遺風，故其士知好義，能尚氣節。當西人之東來，皆慷慨奮起，致身家國，不顧性命。當時又有豪傑如西鄉諸人輩出，皆通古今，能因時制宜，建策修國，制定國本。

噫！日本今日之能振國威，不受外人狎侮，其亦有以夫！然嘗聞日本國人近日既習西文技藝，往往重西學而輕漢文經書。余私心竊疑焉。今得識松枝君，咨詢底蘊，乃知其不然也。松枝原日本士族，幼年習西人兵略航船之術，然尤好中國文學，故能荷其國家重任。余於是益信日本所以致今日之盛，固非徒恃西洋區區之智術技藝，實尤其國存有我漢、唐古風，故其士知好義、能尚氣節故也。余不能操東語，前日與松枝晤談，用英語以酬對，未盡欲言，今聊書數語，以志景仰云爾。

士說

張文襄曾問余曰：「外國各領事本文職而佩刀，何故？」余答曰：「此士服也。西洋本以封建立國，一國之中，有貴族，有平民。平民脫民籍後，武者為士，文者為史。其服制：史則寬衣博帶，如今在中國牧師、神父所服者是；士則短衣佩刀。領事雖文職，亦屬士類，故遇大典禮則短衣佩刀，服士服也。」竊謂今日我中國有史而無士。考古制、通六書者為史，在行伍者為士，故有甲士、士卒之稱。兩漢、三國時，宰相猶以劍履上殿，為當時朝廷特賜異數，然於此見古制尚存。是時，為士者亦尚知士之本義。自唐以後，古制漸泯，乃以能文章應科第者為士。於是名則為士，實則為史，士之本義全失矣。吾故曰：今日中國有史而無士。

在德不在辯

近有英人名濮蘭德者，曾充上海工部局書記官，後至北京為銀公司代表。著一書曰《江湖浪遊》，所載皆瑣屑，專用譏詞，以揶揄我華人。內有一則曰〈黼黻為厲〉。大致謂：

五十年來，我西洋各國因與中國通商，耗費許多兵餉，損失無數將士，每戰輒勝。及戰勝以後，一與交涉，無不一敗塗地。是豈中國官員之才智勝我歐人耶？抑其品行勝我歐人耶？是又不然。若論其才智，大概即使為我歐人看門家丁，恐亦不能勝任。論其品行，亦大半穿窬之不如。如此等無才無品之人物，何我歐羅巴之欽使領事遇之，便觳觫畏懼，若不能自主，步步退讓，莫之奈何？其故安在？余於此事每以為怪。研究多年，始得其中奧妙。蓋中國官之能使我西人一見而觳觫恐懼者，無他謬巧，乃其所服之黻黼為之厲也。鄙人之意，以為今日我西洋各國欲圖救交涉之失敗，亟宜與中國商訂新約：以後凡外務部及各省與我交涉之大小官員，不准掛朝珠穿黼黻，逼令改用窄袖短衣、聳領高帽，如我歐制。如此，黼黻即不能為厲於我，則我西人交涉庶不致於失敗矣。中國果能遵此新約，我西人即將庚子賠款全數退還中國，猶覺尚操勝算也。

云云。按：如濮蘭德以上所言，其藐視我中國已極。然君子不以人廢言，其言我中國黼黻衣冠能使西人畏懼，雖係戲言，亦未嘗無至理寓乎其中。孔子不云乎：「君子正其衣冠，尊其瞻視，儼然人望而畏之。」且嘗揆之人情：凡遇人之異於己者，我不能窺其深淺，則有所猜忌，故敬心生焉。遇人之同於己者，我一望而悉其底蘊，則無所顧畏，故狎心生焉。今人有以除辮變服為當今救國急務者。余謂中國之存亡在德不在辮，辮之除與不除原無大出入焉；獨是將來外務部袞袞諸公及外省交涉使除辮後，窄袖短衣，聳領高帽，其步履瞻視，不知能使外人生敬畏心乎？抑生狎侮心乎？

自大

光緒十年，日本名下士岡千仞振衣氏來遊中國，曾撰《觀光紀遊》一書，內載其友人櫻泉氏論中國弊風一則。謂櫻泉遊學中士，其論弊風極為的切。曰：

所貴於中土士大夫，重名教，尚禮讓，志趣高雅，氣象溫和；農工力食者，忍勞苦，安菲素，汲汲營生，汲汲治產，非我邦所能及也。而士人謂經藝，耗百年有限之力於白首無得之舉業。及其一博科第，致身顯貴，耽財賄，肥身家，喜得憂失，廉恥蕩然，不復知國家之為何物。而名儒大家負泰斗盛名者，日夜穿鑿經疏，講究謬異。金石、說文二學，宋明以前之所無。顧炎武、錢大昕諸家以考證為學以來，競出新意，務壓宋明；紛亂拉雜，其為無用，百倍宋儒。其少有才氣者，以詩文書畫為釣名譽、博貨賄之具，玩物喪志，無補身心；風雲月露，不益當世。此亦與晉時老莊相距幾何？吏胥奴顏婢膝，逢迎為風，望門拜塵，欺己責人，自為得計。商賈工匠，眼無一丁，妝貌炫價，濫造粗製，騙取人財。此猶可以人理論者。其最下者，狗盜鼠竊，不知刑憲為何物；立門乞憐，不知穢污為何事。其人輕躁擾雜，喧呼笑罵，此皆由風俗頹廢，教化不行者。嗚呼！政教掃地，一至此極，而侮蔑外人，主張頑見，傲然以禮義大邦自居。歐米人之以未開國目之，抑亦有故也。

云云。此日人櫻泉二十年前語也。猶憶道光末年徐松龕中丞名繼畬，撰《瀛環志略》，當時見者，嘩然謂其張大外夷，橫被訾議，因此落職。自來我中國士大夫夜郎自大，其貽譏外人固不足怪。惟今日慕歐化者，又何前倨而後恭也？孔子曰：「古之矜也廉，今之矜也忿戾。」所謂廉者，無他，但知責己而不責人，但求諸己不求諸人而已。

依樣葫蘆

子曰：「學而時習之。」朱子注謂：學之為言效也。余竊謂學之義甚廣，不當作效字解。如僅作效字解，使後之為學者，只求其當然，而不求其所以然，所謂依樣畫葫蘆者是也。猶憶中國嘉、乾間，初弛海禁，有一西人身服之衣敝，當時又無西人為衣匠者。無已，招華成衣至，問：「汝能製西式衣否？」成衣曰：「有樣式即可以代辦。」西人檢舊衣付之，成衣領去。越數曰，將新製衣送來，檢視剪製一切均無差，惟衣背後剪去一塊，復又補綴一塊。西人駭問故，成衣答曰：「我是照你的樣式做耳。」今中國銳意圖新，事事效法西人，不求其所以然，而但行其所當然，與此西人所雇之成衣又何以異與？噫！

學術

宋陸象山云：

為學有講明，有踐履。《大學》致知格物，《中庸》博學審問、慎思明辨，《孟子》始條理者，智之事。此講明也。《大學》修身正心，《中庸》篤行之，《孟子》終條理者，聖之事。此踐履也。物有本末，事有終始，知所先後，則近道矣。欲修其身者，先正其心；欲正其心者，先誠其意；欲誠其意者，先致其知。致知在格物。自《大學》言之，固先乎講明矣。自《中庸》言之，學之弗能，問之弗知，思之弗得，辨之弗明，則亦何所行哉！未嘗學問思辨，而曰吾惟篤行之而已矣，是冥行者也。自《孟子》言之，則事蓋未有無始而有終者。講明之未至，而徒恃其能力行，是猶射者不習於教法之巧，而徒恃其有力，謂吾能至於百步之外，而不計其未嘗中也。故曰其至，爾力也，其中，非爾力也。講明有所未至，則材質之卓異，踐行之純篤，如伊尹之任，伯夷之清，柳下惠之和，不思不勉，從容而然，可以謂之聖矣。而《孟子》顧有所不願學，拘儒瞽生，又安可以硜硜之必為，而傲知學之士哉？然必一意篤實學，不事空言，然後可以謂之講明。若謂口耳之學為講明，則又非聖人之徒矣。

云云。余謂宋代學者，偏在踐履，而不知講明，故當日象山乃有此論。今之學者，不特不知講明，而亦並不知士之所業何事。不以國無學術、無人才、無風俗為憂，而斷斷以國無實業為急務，遂至經生學士負赫赫山斗之名者，亦莫不將畢生精神注意於此。顧名思義，尚得謂讀書人耶？昔樊遲請家稼，子曰：「吾不如老農。」請學圃，曰：「吾不如老圃。」樊遲出，子曰：「小人哉，樊須也。」

風俗

管異之〈擬言風俗書〉云：

臣聞之，天下之風俗，代有所敝。夏天尚忠，其敝為野；殷人尚敬，其敝為鬼；周人尚文，其敝也文勝而逐末。三代已然，況後世乎？雖然，承其敝而善矯之，此三代、兩漢俗之所以日美也；承其敝而不善矯之，此秦人、魏、晉、梁、陳俗之所以日頹也。而俗美則世治且安，俗頹則世危且亂。天下之安危繫乎風俗，而正風俗者必興教化。居今日而言興教化，則人以為迂矣。彼以為教化之興，豈旦暮可致者耶？而臣謂不然。教化之事有實有文，用其文則迂而甚難，用其實則不迂而易。夏、商、成周之事遠不可言，臣請以漢論之。昔者漢承秦敝，其為俗也貪利而冒恥。賈誼所云「孳孳嗜利，同於禽獸者」也。自高帝、孝文困辱賈人，重禁贓吏，遂不久而西漢之治成。其後中更莽禍，其為俗也，又重死而輕節。逮光武帝重敬大臣，禮貌高士，以萬乘而親為布衣屈，亦遂不久而成為東漢之治。由是言之，移風易俗，所行不過一二端，而其勢遂可以化天下不為難也。

云云。我朝咸、同以前，科場弊竇百出，買槍手，通關節，明目張膽，習為故常。及咸豐初年，某案出，朝廷震怒，將當朝宰相柏梭治以重典，天下悚然。由此科場舞弊之風少減。可見風俗之轉移，操之自上。朝廷能肅綱紀，實行不過一二端，即足以使上下悚然，洗心革面耳。

政體

國朝潘耒上某學士書云：

某聞善為治者，不務為求治之名，而貴有致治之實。孔子曰：「其人存，則其政舉。」後儒亦言有治人無治法。衰弊之世，法制禁令與盛世無殊，而不能為治者，法意不相孚，名實不相副，上下相蒙，苟且成俗也。若徒恃科條以防奸，藉律令以止慝，有立法之名，無行法之實，竊恐彌縫掩護之弊，更有甚於前也。假如今制督撫地方官與在京大臣交通者革職，此其所得而禁者，輦下拜往之儀文耳。使在數千里外，私人往來，潛通貨賄，能知之乎？官吏坐贓滿十金者即論死，審能如法，則人人皆楊震、鄧攸矣。度今之作吏者，能如是乎？夫立法遠於人情，則必有所不行。而法故在，則必巧為相遁，掩覆之術愈工，交通之跡愈密，而議者且以為令行禁止，中外肅清也。夫天下未嘗無才，其才未嘗不能辦事，特患無以驅策而激勵之。於是以其才智專用之於身家，以其聰明專用之於彌縫掩護。設也一變其習，以其為身家者為朝廷，以其彌縫掩護為拊循保障，則何事不可為？何功不可立？所賴二三大臣為皇上陳其綱領，辨其本末，以實心實意，振起天下之人才，以大機大權，轉移天下之積習，開誠布公，信賞必罰，正朝廷以正百官，以正萬民，紀綱肅而民生安矣。

云云。竊謂中國自咸、同以來，經粵匪攪亂，內虛外感紛至迭乘，如一叢病之軀，幾難著手。當時得一時髦郎中湘鄉曾姓者，擬方名曰「洋務清火湯」，服若干劑未效。至甲午，症大變，有儒醫南皮張姓者另擬方曰「新政補元湯」，性躁烈，服之恐中變，因就原方略刪減，名曰「憲政和平調胃湯」。自服此劑後，非特未見轉機，而病乃益將加劇焉。勢至今日，恐非別擬良方不可。昔宋蘇軾當哲宗初年，乞校正陸贄〈奏議進御札子〉云：「藥雖進於醫手，方多傳於古人。」茲姑撮錄前篇，為正本清源之論。倘有醫國手出，或有取於此，庶不無小補云爾。

看招牌

昔有一洋行主人作軍裝生意者，嘗與中國官場酬應，不時宴請各省委員以為招徠。每宴會飯罷，出雪茄煙供客，概用上品，價值不貲。而華客每每食未半，輒輕擲之。行主人性素吝且黠，以後宴客，即暗易以最劣品之煙，而襲以最上品之煙盒。一日，有某省辦軍裝之道員，素自名為熟悉洋務者，至該洋行主人家晚膳。食罷，主人出煙供客，道員瞯其所裝之盒，訝然曰：「咦！我知此品一盒當值十洋。」即抽取一枝含嚼之，嘖其煙，揚揚自奈曰：『吾說十洋，味道果不錯。』」主人惟掩口胡盧。噫！西商在中國售洋貨，最重招牌，凡有仿冒其招牌者，必請官懲辦。蓋知中國不論貨之優劣，而但看招牌者耳。孔子曰：「人莫不飲食也，鮮能知味也。」蓋有以夫！

愛才

國朝沈歸愚尚書有曰：「昔歐陽文忠公之好士也，士有一言之合於道，不憚數千里求之。甚至過於士之求公。良以國家得一人，則轉相汲引，至於數世猶享其利，故好之如此其篤。」猶憶昔年張文襄督鄂時，督署電報房有留學生梁姓者，領袖電報房諸生，專司譯電報事。向例，朔望行禮，署中文案委員與電報學生分班行禮。梁學生固與電報房諸生同立一處，文案委員無一與交語者。一日，文襄出堂受禮，見梁學生與電報諸生同立，則親攜出班外，置諸文案委員班，曰：「汝在此班內行禮。」大眾愕然。此後文案委員見梁學生，則格外殷勤，迥非昔日白眼相待可比。昔日之梁學生，即今日之外務部梁崧生尚書也。余記此非特藉以著官場炎涼之世態，亦以志文襄之知人愛才，真有大臣風度也。

不自貴重

國朝張爾岐先生《蒿庵閒話》云：「趙宣子囚叔向，樂王鮒欲為之請，叔向弗應。室老咎之，曰：『祁大夫必能免我。』祁大夫卒免之。」其知人之明、處變之度不待言，至一段守身經國遠識更不可及。鮒，小人也，小人不可與作緣久矣，況受其脫囚之惠乎？受其惠而與之為異，彼必有辭；徇其所欲，又將失己。君子之受制小人，身名坐隳者，皆自一事苟且階之。叔向寧不免其身，必不肯受小人之惠而為所制，大臣之識也。」余謂「小人不可與作緣」一語，最有關係。昔柳子厚因附和王叔文黨，身名坐隳，遺恨千古。韓文公謂子厚少年時不自貴重，顧謂功業可立就，故坐廢退。夫以子厚之品之學，一不自貴重，卒不能自展其才以裨世用。至如今日以賮緣奔競為能，不知人間有羞恥事者，尚望其挽回大局，宏濟時艱，得乎？

不拜客

唐李習之〈薦所知於徐州張僕射書〉云：

凡賢人奇士皆自所負不苟合於世，是以雖見之，難得而知也。見而不能知其賢，如勿見而已矣；知其賢而不能用，如勿知其賢而已矣；用而不能盡其才，如勿用而已矣；能盡其才而容讒人之所間者，如勿盡其才而已矣。故見賢而能知，知而能用，用而能盡其才，而不容讒人之所間者，天下一人而已。茲有二人焉皆來，其一賢士也，其一常常人了。待之禮貌不加隆焉，則賢者行而常常人日來矣。況其待常常人加厚，則善人何求而來哉！

丁未年，余隨張文襄人都，得識瑞仲蘭京卿，彼此契合，恨相見之晚。京卿問余曰：「君今入都已拜乎？」余曰：「我不拜客。」京卿曰：「久聞君才學之名冠儕輩，余意君當久經騰達，乃至今猶屈抑在下，令人不解。今聞君言，余乃恍然悟矣。君竟不拜客，正無怪其然也。」彼此相視而笑。

自強不息

「棠棣之華，偏其翻爾。豈不爾思，室是遠而。」子曰：「未之思也，夫何遠之有？」余謂此章即道不遠人之義。辜鴻銘部郎曾譯德國名哲俄特〈自強不息箴〉。其文曰：「不趨不停，譬如星辰；進德修業，力行近仁。」卓彼西哲，其名俄特。異途同歸，中西一轍。勖哉訓辭，自強不息。可見道不遠人，中西固無二道也。

猶龍

孔子適周，將問於老子，老子曰：「子所言者，其人與骨皆已朽矣，獨其言在耳。且君子得其時則駕，不得其時，則蓬累而行。吾聞之良賈深藏若虛，君子盛德容貌若愚。去子之驕氣與多欲態色與淫志，是皆無益於子之身。吾所以告子，若是而已。」余謂虞舜，聖人也，而大禹猶戒之曰：「無若丹朱傲。」孔子聖人也，而老聃亦戒之若此。誰謂孔子之所以成為萬世純粹之聖學者，非愛老子此一番誥誡也耶？

附錄：《張文襄公事略》

佚名

第一節　緒言

噫，是書也，胡為乎而作哉？曰張公之洞也。夫張公之洞之得名，以其先人而新，後人而舊。十年前之談新政者，孰不曰張公之洞，張公之洞哉？近年來之守舊見，又孰不曰張公之洞，張公之洞哉？以一人而得新舊之名，不可謂非中國之人望矣。然至今日而譽張公，譽之者以為改革之元動；今日而毀張公，毀之者以為憲政之假飾。不知譽者固非，而毀之者亦未劇得其真相也。彼其胸中，豈真有革新守舊之定見？特見於時勢之所趨，民智之漸開，知非言變法不足以自保其名位，而又慮改革過甚，而已益不能恣其野蠻之自由，亦出於萬不得已而為此一新一舊之狀態，以中立於兩間。雖然，一新一舊之張公，今為過去之人物矣，而環顧滿朝，袞袞諸公，其能與一新一舊之張公並駕而齊驅者，竟何人耶？吾是以回顧茫茫，不禁有一新一舊之概也。

第二節　張文襄之事業

體仁閣大學士張公之洞，二十一日亥時薨於位，蓋本日方有「再行賞假，無庸拘定日期，安心療養，病痊即行銷假入直，並賞人參二兩」之優詔，而公即於其夕逝溘也。公之德業勳望冠於當時，且為孝欽顯皇后手擢之人，由詞臣而學官，出膺疆寄，人贊綸扉，以迄於今。夫其人之生也，與近數十年政局關係尤切，是不可無一言以記其生平也。

公諱之洞，字孝達，又字香濤，一字香巖。中年以後，自號壺公，又號無競居士（公署此號時，方督辦廣東海防，會有諒山之捷，公主進與法戰，而不主曲和。彭剛直、鮑忠武皆贊成其謀。當時不能用，且齮齕之，而陰沮其所為，故取張曲江詩「無心與物競，鷹隼莫相猜」之意，而號曰無競居士），晚年則號抱冰老人。直隸南皮縣人。南皮即魏文帝射雉，一日而獲三十六頭之地。當北魏時，有刁雍者，壽至百歲，謚曰簡公；從子遵，謚曰惠公，官至三公，為渤海蓚縣人。惠公墓志，推為海內北碑第一，在南皮刁家樓出土，藏於公之族兄文達公家，蓋南皮即北魏之蓚縣也。

公生於黔，父諱鍈乙，久官貴州，與胡文忠林翼同官雅，故公幼時，亦嘗受學於胡公。年十七舉咸豐壬子鄉試第一。斯時胡文忠與公父書曰：「聞四賢郎獲解，吾與南溪相視，開口而笑。」蓋公行四，故稱四郎。南溪者，蔣公超表字，為公之業師，其後死於國事，賜謚果靖者也。公父官遵義知府，捍賊有功，擢署貴東道，方用兵剿苗，盡瘁以卒，贈太僕卿。

公以同治癸亥一甲第三進士及第，授職編修，所知制誥文多典雅有則。當時公為學頗慕阮文達，於經義多沈思穿貫。又好兵家言，嘗自署於座曰：「兵家盡補能康世，經義咸明乃著書。」可以知其志事矣。

方公未通籍時，以父清廉，家無積蓄。嘗佐豫撫、魯撫幕，又嘗代給事中陸秉樞作奏言事，其文光采震動，為上所驚，荷旨獎問。及官翰林，而論事之章，尤多中於歷物之意，往往傳誦海內。己卯，官國子監司業，曾上惠陵〈大禮疏〉，援據《儀禮》、《公羊》，平定陶濮國興獻諸議，折永伊川兩之爭，植義至當。章上，天下翕然從之。

第三節　張文襄與政治之關係

國家之隆替，視乎當世之人才，此吾國人所夙知也。然立憲與專制，其人才之資待不同，則其國運之消長，乃不能不絕然殊異。誠以立憲者有道揆，有法守，循序而臻，有進無退，勢若祈的者之迎的而行，愈迎而愈至焉。專制之國，其勢反是，以其有私意而無證見，有當權者之喜怒，而無舉國之公是公非也。故其安危之轍，為途絕隘，往往繫於一人焉，或繫於一事焉，甚或繫於一言焉。景運之來，驀如一接，而即旋入於否塞，竟至每下愈況，此則政體為之，而禍福遂至相反也。故居今日而欲以專斷政事，其不適於國家之生存者，審矣。

試以近數十年中日兩國之事例，比類觀之，尤可見矣。日本維新以後，當年手康屯難之元勳，至今猶生存者，亦殊無幾。然而比國朝野上下之人才，則若往者過而來者續，前水後水，混混不窮。甚或後來之人，假前人之經驗，其智識僴如積薪之後來居上，曾不見其因一二人之死亡，而國運因之而替。試更觀於歐美，所見情狀，亦皆相類。而反觀吾國，其現象乃正與之相反。同光以還，喪一中興之舊臣，往往國運因以墮落，其例久已昭著矣。至於今日，雖頒立憲之大號，而此種情狀，固猶未之或改。但觀昨日南皮出缺之信一布，而人人心中莫不深惜其逝，而生前人既逝，後人難以繼續之感慨，即此足以見專制政體之不適，而不能存立於今，其情益大顯矣。則欲假立憲之美名，以行專制之實例者，其不可以五稔存焉，尤可見也。

何者？立憲之所造成、所養育者，實為科學上之人才，故科學進一步，而人才亦進一步。專制國之所希冀、所側席者，乃為善伺上意之奴才，故雖有人才雜出於其間，而其數實居至寡。縱或得人才之力，以濟一時艱難，然以人才之數，終不敵奴才之數之萬一。此所謂一人既死，而一時之政局事功往往而隳，一世之人心亦往往以變。所謂其人存，則其政舉，其人亡，則其政熄，正為專制之國歷史上一成不易之公例也。

由是以觀，誠使吾國前途而能確然自強也，則今喪一南皮何傷？若其不能自強，而猶依違於專制，以圖偷息視肉，保全少數人不正當之權利，胥一世之人，而常納於奴才之一冶，則如南皮之輩，因為躍冶之魔邪，在勢難以數得。故今南皮之喪，遂不能不令人生其棟折之感矣。

至若南皮一生之事功學業，與其是非毀譽之得失，當今蓋棺論定之日，識者苟潛察而深討之，將有以見彼之真相，而無待乎不佞之喋喋。吾今所為不得不一言者，則在立憲專制人才與奴才之間也。

第四節　張文襄督兩廣

嗚呼！三十年身都將相之南皮相國，乃遽捨斯世而入天國也耶？論南皮之人格，以吾國現時政界人物論，自不能不以此公為巨擘矣。校其歟歷中外之始末，大略可分為三時期。辛巳以前，為聲譽最隆之時期。同光以來，京朝士大夫樸學之風，實自南皮開之。當其未登第時，已早負天下深源蒼生之望矣。既入翰苑，聲稱藉甚，釋褐十年，始轉坊局例得專摺言事，生平所學，至是乃一發抒。當是時，孝貞顯皇后垂簾聽政，側席求言，於是瑰偉直諒之士，爭上疏言天下利病，抵斥權貴，搏擊權貴，輦下有清流六君子之稱，而南皮實為之領袖。其封事之最膾炙人口者，為劾奏四川東鄉縣屠殺鄉民一案。數年冤獄，一旦昭雪，激變之縣令，專殺之武弁，皆明正典刑，置諸顯戮。都人士至相詫，以為景星慶雲，而南皮之聲譽，乃赫然遍天下矣。此一時也。

辛巳以後，為回翔方鎮之時期。是歲冬，以內閣學士出撫山右。時朝邑閻文介方長戶部，銳意欲裁省浮費，南皮承其意旨，甫下車，即釐定差徭章程，嚴禁境內栽種罌粟，且大修太行山道。三晉士民，以為數十年未有之好巡撫，朝廷始駸駸嚮用，以為可付大事。俄而法越事起，聖心眷念南服，以為非南皮無可任，雖擢署兩廣總督，未幾竟即真其在粵也。軍事專於彭剛直，南皮在其間，惟調度諸將，籌發餉械而已。天幸法船未犯虎門，亦竟無赫赫功可言。兵罷未久，亦遂離粵，故南皮於粵，無甚感情。然其粵督任時，實始奏開賭禁，而徵其博進若干成以充軍餉，粵東賭禍，遂於今為烈，粵人至今恨之。當時有為聯語以嘲之者，出語云：「八表富經綸，也不過山右禁煙，粵東開賭。」蓋紀實也。而南皮之聲譽，自此亦漸退化矣。

己丑之春，移督湖廣，蓋是時南皮方奏請興辦鐵路，朝廷以漢鄂為境內中心點，鐵路當於是興工，故移南皮以鎮之也。此公之侈談洋務，自茲役始。路政雖中遭挫折，遲十年然後興工，而漢陽鐵政局，湖北機織器紡，皆其所手創，以故善談時事者，皆歸之。然南皮之為人也，好大喜功，造端宏大，而不顧其後。財力不足以供，則乞靈外人，以忞其揮霍。在鄂二十年所借洋款，以千萬計。今日督撫之忞借外債，以貽害於國與民，其端實自南皮啟之，此則爰書所不能末減者矣。

第五節　張文襄之參預新政

方德宗皇帝之發憤謀變法也，以南皮號稱通中外情勢，故深倚任之，言無不從。楊銳之以京卿而參預新政，實所薦剡。楊故其門生，生平所最識拔者也。當時上意欲召之入都，俾長樞廷，以有尼者，竟不果。上之所以信南皮者如此，乃八月政變之際，首先奏請速殺四參政者，非他人，即南皮也，此已不足以對先帝矣。己亥立儲之議，宮中尚慮諸疆臣不服，乃電詢江楚兩督，其實在張一人。倘使南皮執祖宗家法，嚴詞抗拒，則榮、剛、端、莊之徒，自必恭然心折。立儲之議不行，則拳禍自可不作，其所保全者不已大乎？乃南皮只知為保全利祿之私計，而社稷之安危，竟不暇顧，貿然允之，而溥儁公然擁大阿哥之位號矣。微劉忠誠抗疏力爭，則廢立之事早成，其貽禍之烈，更何堪設想也哉？賢不肖之相去，固如是其甚耶！

噫嘻！何天之不祚我國？比年以來，內政外交，困難極點。朝廷方銳意於維新之治，而一切列樞桓，參部務者，大都貴胄親王，耆年碩輔，其一二少年新進，又或血氣優而聲望淺，才具足而資格輕。求其學識長而資望重者，意惟張樞相一人，差足當之，而不謂其遽有因病出缺之慘事也。

張樞相參樞密也，為時亦無幾耳。自世宗朝設立軍機之制，國家大事，由樞臣安議，內閣反不與焉。其制以漢滿人分任之，而握政權者，大率滿人居其多數。邇年朝廷變法，首除滿漢之見，非不以重人才，公天下為心乎？乃自當年袁項城退職以來，軍機之缺，懸而未補，鹿相雖居首揆，而年老事煩，雙耳重聽，殊有顧此失彼之虞。所恃以任事權，繫人望者，漢人中惟張相一人而已。奈之何天下憖遺，樑摧棟折，此記者所以又不能無憂者也。

且夫三代下之論相臣也，其設施視乎才，其根柢則視乎學。彼頑固性成者，可無論矣，即有犖犖不可一世之概，與夫通權達變之能，苟學識未純，則其所蘊為抱負，而見諸世者，必將窒礙而不可行。即行矣，或得乎此而失乎彼，或利於始而害於終，以之發揮事業，宏濟艱難，竊恐操切之禍，甚於遷延，剛愎之憂，終於破壞，而無本之治之必不可以久也。三代以還，若漢之霍光、唐之李德裕、宋之寇準、明之張居正，相業彰彰在人耳目，而卒不滿人意者，孰非不學無術，有以致此弊哉？

我中國當二十世紀之秋，群雄虎瞰，稍窺時局者，亦知非變政不足以圖強。然而新理灌輸，舊制糟粕，因革損益，折衷綦難。朝內通才，大半粉飾張惶，相與附和立憲之名，而於政治上，民族上，所謂若者退化，若者有餘，若者當取法他人，若者當保守故轍，皆不審其控縱馴御之原，徒以擾攘紛紜，為目前自救之舉。嗚呼！天之方蹶，毋然泄泄，論者徒歸咎於無才之患，而不知諸人平素之所學，是古則非今，喜新則厭古。其抱持之宗旨既誤，故雖盈庭聚訟，而亦等諸道旁之築室也。

張相之行事為人，海內自有公論，但觀其駐節兩廣，移督兩湖，理財興學數大端，已為晚近疆臣所僅見。庚子之變，聯絡各省，保障東南，非胸有定識者而能為之乎？邇者立憲之事，期以九年，監國殷殷，以先帝之心為心，開誠佈公，常資顧問。而張相每事酌中西之宜，防偏倚之害，徒以權非專屬，似不克卒竟其功。然求諸在廷諸臣，有如是之學有本原，而才有範圍者，恐亦寥寥不數覯矣。乃當憲政預備之始，而先奪一不可少之人。噫嘻！此不惟張相之不幸，抑亦監國之不幸者歟？

抑記者更有感焉，中國興學以來，每事皆張相主之，議者每以學務之廢弛，咎辦事之非人。然試平心論之，以今日各省人民之程度，之人才，之心術，其果能負新學之責任否耶？吾恐自茲以往，放棄之弊，更甚於前。否則抑中揚西，變而愈厲，所謂保存國粹之主義，消歸於無何有之鄉也，此學務之可慮者也。

粵漢鐵路，張相以全力爭之，自粵省所用非人，演成怪劇。朝廷思以大臣為鎮懾，而張相又為鐵路經手之人，故畀以督辦大臣之命，蓋將使剔除弊竇，俾路工早蕆也。今弊未絕而張相先亡，又當新易總董之時，設繼任者稍欠精明，此後弊端，恐更有不堪設想者。竊幸記者之所言不中也，此鐵路之可慮也。

嗚呼！神州非舊，已傷世紀之陵夷；大廈難支，況痛老成之凋謝。所冀監國以知人之特識，俾繼起之多才，庶幾憲政修明，能終竟張相之遺志乎？

第六節　張文襄之興賢育才

辛丑回鑾，國步日艱，兩宮宵旰焦勞，知非變法維新不足自強也。環顧疆吏之行新政最力者，莫若文襄。先於逑職來京之便，奉命留都，訂定學堂章程，繼於丁巳七月，遂以協辦大學士宣召入京，晉參樞機，管理學部事務。近日朝廷之大規劃，俱出公手。然公於此事，已由春華而進秋實，駸駸焉持保存國粹主義，為天下倡，舉朝野所引領跂踵、喁喁屬望者，文襄悉以鎮定處之。用人則新舊雜糅，而以老成人為典型；設學則中西並貫，而以十三經為根柢。遇人之以祖制相詰難者，則曰：「唉，彼輩一班小豎子耳，遇人言東，則蓬蓬然隨之而東；遇人言西，則泛泛然隨之而西；今苟能用彼而就我也，庸何傷？」以故近日頒行諸新政，往往懼吾民之日及於囂張，而亟亟焉訪求東西成法以防維之，陽示以採取，而陰施其鉗制之術。新進之以憲政進質者，則曰：「東西各國憲法之精意，已悉具於四子六經中矣，特患吾人不知返求耳。」嗟嗟！公之所為先天下而開通風氣者，大率類此。去歲十月，兩宮先後賓天，薄海震驚。公獨與諸大臣膺受顧命，不震不騰，奉攝政王監國，擁立今上，承嗣毅廟，兼祧景皇帝，植腹委裘，安如磐石。德宗之志事於以終，公之心志亦於是乎瘁矣。

綜計公之生平，辛巳以前，是為德宗之黼黻升平時代，而公於其時，則為文學侍從之臣。辛巳至辛丑二十年間，是為德宗之殷憂啟聖時代，琉球去，越南亡，高麗失，而臺、澎、旅、大、膠、威諸地以割。駸至八國聯軍之役，神京淪陷，兩宮蒙塵，大局之敗壞，幾幾不可收拾。公則以其時歇歷封疆，撫晉督粵，三督湖廣，兩權三江，禦災捍患，輯治軍民，固赫赫乎一好疆臣也。迨乎辛丑以後，乃德宗立憲圖強之時代，公乃參密幄，贊憲政，膺承顧命，輔弼新皇，則又儼然顧命臣矣。雖粵漢鐵路力主借款，未免為高年之失德，然始終一節，翼贊景皇。纘緒有人，大星遽隕，論者至擬之鄂文端之於世宗，阿文成之於高宗云。

文襄生平，好延攬，喜汲引，孜孜求賢，如恐不及，慕甘泉阮文達之為人，所至以興學育才為亟。其任督學時，立「經心書院」於武昌，建「尊經書院」於成都，刻《輶軒語》、《書目答問》以教士，造就人才，惟日不足。迨任封疆，而志意益發抒矣。在廣東則有「廣雅書院」，在湖北則有「兩湖書院」，興學務雖經戊戌政變，矯詔毀學，而志不稍衰。迄庚申間而成效大著，一時士大夫之談學務者，莫不以兩湖三楚為開風氣之先，而翕然奉之為準則焉。公復於其時憂世教之橫流也，則殷然有《勸學篇》之作；憂大雅之陵替也，則毅然有「存古學堂」之設。懿歟鑠哉！甘泉相國，愧斯宏瑋矣。

第七節　張文襄在鄂行政

文襄之為人也，性和易而不滯於物，其於賢達，則傾心結納，蕭曹規隨。而與當代聲勢赫奕之妄人居，則又和而不流，渾然有古大臣之度。其撫晉也，繼曾忠襄之後，步武名賢，日孜孜求吏治不懈。三晉之輿論，靡不曰張之與曾，如驂之靳。迄今數十年，流風餘韻，猶在人間，道及公姓名，則莫不嘖嘖歎好巡撫不置。洎乎督粵，衡陽彭剛直時適督軍嶺嶠，與鮑武慎、左文襄銳意主戰，公乃承其意旨，同德一心，主持清議，而南皮之聲譽，踔然起矣。

其在鄂也，適值新甯劉忠誠統制三江，老成碩望，為海內所倚重，公獨虛心晉接，三江兩湖，指臂相聯。戊己、庚辛之間，朝廷謀大政，決大議，兩人輒聯銜會復，抗疏力爭，時時有以懾群小而回天聽。庚子拳禍，揚子江流域，晏然無雞犬之驚者，惟公及新寧之力是賴。又常以其間悉索敝賦，筐篚壺漿，以供行在之求，兩宮鑒其忠賢，而公亦於是大用矣。至若丁丑之應召入京也，則實與項城袁尚書偕。項城氣焰薰灼，好用事，喜自負其才。公則翛然物外，時至琉璃廠搜購舊書以避之，而於朝端時局，則一不過問。迨項城被譴，而公乃端忠盡能，以與諸樞臣偕，一時朝列，莫不欽公之量，而嗤袁之妄也。嗚呼！此雖小節，然苟有則而行之者，迨亦所謂於近世諸臣中，開風氣之先者矣。

要之，公實中國近代之偉人，亦德宗朝所不可少之人物也。若斤斤取以與二十世紀世界諸偉人比，則公既未嘗沉潛新學，所獵取者，不過東西之鱗爪耳；所稗販者，不過得自東西留學生耳。一代之偉人，雖足以造一代之時勢，然必執東西洋渺不相涉之名賢，刻以相繩，殊失平情論事之旨，與夫當世論公之功德，知文襄之長而不知文襄之短者，庸有異乎？

南皮相國，以卓識幹才，聞於天下。當總督湖廣之時，其所行之新政，不特為中國人所注意，即世界各國，咸仰其聲望，視為維新之領袖。當時南皮之勢力，由武昌以達揚子江流域，靡不遍及。拳匪一役，南皮所處之地位，不啻為南方各省之總統，南方各要省之得慶無事，中國之不遭糜爛，皆公一人之力也。

第八節　張文襄興辦路政

南皮於鐵路之利益，知之甚早。任兩廣總督時，曾上封奏，謂各國興辦路政，其初皆先築幹路，公之鐵路政策，即根據於此。彼知鐵路展至通州，與軍略有礙力，主自漢口築至蘆溝橋之議，旋奉旨依允，遷擢湖廣總督，並諭即行開工。公又知如此巨工，斷非中國工程司所能勝任，乃創設漢陽鐵廠，以為製造鐵軌之預備。迨中日戰後，公益研究戰務，知幹路之設，與軍務事上大有關係，且為南北交通之關鍵。即於一八九五年，重申舊議，並將線稍行擴張，一面具摺奏請設立公司，招集股本，管理之權，悉操自華人之手。並力拒借用洋債，深望能募集於中國人，不意應者寥寥，不得已仍借用外款。一九零五年之夏，向香港政府商定借款英金一百三十五萬磅，以兩湖及廣東之鴉片稅為抵。其經營路政之成效，吾人業已耳熟能詳，固毋庸記者贅述也。

公雖為舊學界之英傑，而能曉然於西學之利益，雖天性篤信中國之舊學，而能提倡國民之教育，是其見識誠非他人所及也。朝廷蓄志改革，調公入京，公乃於此時入軍機，兼任大學士。當時朝中僚佐，似與不和，加以與聲勢赫赫之某宮保互相對峙，張相大有為其壓服之勢。迨孝欽顯皇后駕崩，今上御極，攝政王正資倚畀，將以公為中國之長城。不意遽為二豎所困，竟不能於近今國事之上，展其未盡之才。而鐵路借款之爭端，復苦其心志，垂暮逢此，烏能自支哉？要之張相國實為一大政治家，惟不免稍形固執耳。

第九節　張文襄之勳業

中法締和，時公已補粵督，乃建廣、潮、欽、廉、瓊州等處沿海炮臺，又遣將平瓊州黎亂，議開闢尼母山十字大路，惜功未成而罷。復於其間，建銀圓局、鑄錢局，中國之有銀圓者，自公啟之。又於廣州設廣雅書院，延朱御史一新主講。而復增廣粵中海軍，以此入不敷出，不獲已乃收賭稅，於是賭之害粵，遂貽留以到今矣。或者為澳門以收賭稅，市面日形發達，自廣州開賭禁，而澳門遂衰落，公之主張賭稅，即以暗制澳門之故，茲姑存其說，然究未可以為公寬責備也。戊子移督湖廣，睹內政之荒廢，乃悟李文忠所為之不謬，遂復與李交好。由是以訖戊戌，天下咸以公為言新之魁傑。方公抵湖廣也，首創蘆漢鐵路之議，其時醇賢親王，與公往復電商十餘次，慮黃河中梗為難，公議建鐵橋以濟。

又請開晉礦，醇王偉公任事邁往，其復電有云：「縱使志大功迂，成功與否難預必，然存此精衛遠大之志，足以痛洗畏葸不任事者之肺腸」云云。會是時有詔以鐵路事下廷臣議，旋由王大臣復奏請緩辦蘆漢，先開奉吉，蓋彼時篤舊之習尚勝故也。及甲午戰役，朝野始悔不早用公言，乃計日程功，以修蘆漢，遲之又久而後成焉。公睹外患日急，物質文明缺乏，不足以濟巨變，乃奏開大冶鐵礦，設漢陽鐵政局、槍炮局、織布局，其餘織麻、銀圓各局，咸由官設立，以圖自強計，官款不足則借外債以濟之。又於其間修荊州大堤，復漢魏之障，民田永賴者數百萬頃。更建兩湖書院，以興國學；建自強書院，以開新學。

甲午東禍作，方萌蘖時，公即密陳海防策，且主率師船，疾搗日本三島。主者復不能用，公乃日孜孜督造槍炮，不足，則借款外購。其後各路防軍，多於公取濟。是歲十月，劉忠誠督師出關，廷命公署南洋大臣，公聞命即行，於十六日蒞任，越日即周巡江陰、狼山、吳淞、崇滧、川沙、大台、海防，復力籌濟北軍。時公府物力不給，乃奏加鹽引、米釐以濟急。又請以馮子才幫辦南洋防務，以彭楚漢署長江水師提督，馮、彭皆宿將之投閒者，然威望素重，至是為公起，民心以固，沿江會匪不敢動。馬關議和割畀舍那，畀敵，其民不服，起戴巡撫唐景嵩，圖自立。公急贊助之，密輸餉銀數十萬，並潛輸軍火相助。唐景嵩者，固公弟子，公欲唐能保臺，抒海內忠義之氣，則飛電以規之曰：「君為國盡忠，吾可為君盡孝，勿以老母為念。」蓋當臺民發難，公即密迎唐母至江寧，贍養備至，欲以紓其內顧憂也。及唐不能保臺，捨軍而逃，並乾沒軍餉數百萬，公由此薄其為人，終身不與通焉。是時舊軍撓敗，國內空虛，公乃募德將來春石泰練自強軍，改良軍制，以錢德培、沈敦和等綰其事，由是中國始有新軍。復於其間闢江甯城內馬路，排百難而為之，群力阻公，公皆逕行不顧。又議修復金山文淙閣，招四方名賢為強學會，以去任中止。

丙申正月，公復回湖廣任，旋奉詔與北洋大臣規劃蘆漢鐵路。蓋中國興事赴公之頃，往往敗於浮議，及事機已失，眾心始覺，觀此重可慨也。公既返湖廣，知人心僿陋，無以應世變，乃遣才俊赴日本留學。日本之有留學生，亦自公發之。當時國勢至岌，外則有瓜分之議，內則群不逞之徒，覬覦竊發。海內維新之士，知舊習之不適，始出而競言變法。南海康氏出，立「強學會」，逞言詞、鼓動機以求維新，復有《時務報》出現，為開新之祖，公實力助其成。當此之時，海內人士，殆皆以公為託命之原，而公亦廣廈宏開，延攬多士，以締造新國自許，日夕謀興革矣。

第十節　張文襄歷任封疆

嗚呼！南皮相國逝矣，蒙優旨，謚文襄，追贈太保，入祀賢良祠，四十年來之事業功名，今而後得蓋棺以論定矣。綜其畢生之歘歷，回翔館閣，珥筆精華。迨其後而出任封疆，入贊樞垣，政績之膾炙人口者，往往排眾疑，決大議，能以一身開天下之風氣，而不為風氣所轉移。譽之者則曰講爾新舊，立憲元勳；毀之者則曰騎牆中立，無性執拗。然竊嘗平心論之，毀者庸或過情，即譽之者亦未盡得其真。天生文襄，為德宗也，先德宗而興，後德宗而死。凡德宗三十四年之事實，磊落軒天地，危疑亙古今，而文襄張公，實惟有以輔之翼之，疏之附之，患難與共，而左右朝局也。繼湘淮諸勳臣之後，聲施爛然，超出於李高陽、孫濟甯、閻朝邑、王仁和之上，固卓乎近數十年漢大臣中不可多得之人才，抑亦光緒朝三十四年有數之人物也。

方德宗嗣位之年，正文襄張公聲譽踔起之日，抵擊權貴，聲震一時，有清流六君子之目，而文襄實冠其曹。尤難者，吳可讀以一死泣請懿旨，預定他日大統之歸，廷臣奉旨，闡明聖意，內閣集議，各執一說以上聞，類皆模糊影響之談，文襄獨援引經旨，侃侃諤諤，辨明繼嗣繼統之懿旨，以吳可讀謂於不必慮者而過慮，於當慮者而尚或未及深慮。海內士夫讀之，始景然於經術之可以黼黻文治也，幾疑高郵王文肅、金匱秦交恭諸大儒復生今日，而翕然以湛深經術目之，謂足以繼曾文正遵議大禮一疏之後。自是以來，京朝風氣丕然一變。士大夫始知樸實之可寶，一掃咸同以來拘虛空疏之習。此文襄之學問，有以牢籠於一世，而卓然開風氣之先者也。若沾沾以平反東鄉冤獄歸美文襄，此其淺焉者矣。

洎以領節鉞，鎮封疆，三晉為其發跡之地。承丁戊大祲之後，銳意以輯流亡，振吏治為事，截抵攤捐也，辦理清查也，抵補鐵價也，禁止水禮也。他若大修太行官道，奏減五路差徭，凡足以蘇民生之疾困者，無不惟日孜孜，與民更始。見之者以為林文忠之撫吳，潘敏惠之撫皖，不是過也。而其燭照利弊，能先天下而痛除毒害者，則猶在於嚴禁境內栽種罌粟。使朝廷誠於此時，著為令甲，頒行天下，其流毒何至如此之烈！尤足以動人之悲思者。

俄而擢任兩廣，遷移兩湖，即又毅然以開通風氣為天下先。請兩廣鐵禁，試造淺水兵輪，籌設華僑領事，創辦水陸師各學堂，奏開漢陽鐵廠，創辦機器紗織局，興辦京漢、川漢鐵路，贖回粵漢鐵路，爭議澳門界約，凡其所設施、所規劃，無非於端倪未著之秋，洞燭機先，造端宏大之，力闢當世之震撼危疑，而堅定不搖，卒底於成。當其事機盤錯，萬口嘖聲，人方慮文襄無下手處，而文襄獨紆徐料量，如置器平地，靡不貼妥，又如東風吹枯，頃刻變色。由是海內之談時務者，翕然歸之。有識者至比之於鄂文端公開闢苗蠻，傅文忠之經略金川，謂其公忠體國，能為人之所不敢為，為國家樹久遠之計，不規規於近功，有過之靡不及矣。所微不慊於人意者，規模過大，更事過多，而用度或不免習於奢侈，舉動或未免涉於固執，在粵時至開賭禁以充軍餉，在鄂二十年，所貸洋款以千萬計，悉以供行政上所糜之費，而抵抗輿論，力主壓抑，時於晚年之行政上，微露其機。論者往往以是為文襄惜，然要而言之，三代以下，卒少完人，有大醇者不能無小疵，理或然耳。

第十一節　張文襄徵調入京

張公之洞負中外重望久矣，今日之死，國民之觖望，政府之失援，庸詎初料所及耶？監國為大勢所迫，將起用袁世凱，使張之洞而在，亦必力主此議。當一九零七年七月，孝欽顯皇后實行新政，首調張大臣入京，同時袁世凱亦由直督之任，徵調人京。外間雖有袁張交惡之謠傳，然兩大臣行事，雖偶有微異，而其宗旨則如出一轍也。近者新主即位，張大臣迭經選調，舍總理路政各務外，稍見失意。至其對於粵漢債款一事，以張大臣一生正直之人，而忽前後矛盾若是，似可毋庸深諗。顧就張大臣督辦鐵路以來，觀其所行各事，張大臣固極知中國路政亟應發達，第因國人不肯出資助之，遂不能竟其碩畫耳。

張大臣之行事，忽若深謀遠慮，無不洞燭，忽若淺識短見，靡有定向；忽若聰敏，忽若愚蠢；忽若維新，忽若守舊；忽若友好鄰國，忽若抗拒外人，論者且疑其持極大之排外主義。然於極易達此主義之時，而竟不出此，則此言亦殊難信。試觀中日之戰，上海之中立，能安然無動者，固伊誰之功也？漢口海關十年總報告冊曾謂：一千九百年，北方拳匪之禍，至今印入人心。寓海外人，時為惴惴然，皆頌感謝鄂督張之洞出其毅力禁遏排外之舉，以保護外人之生命財產云云。然則張之洞亦何嘗排外哉？張公之洞一生最盛之勳望，係在一八九五年至一九零三年出督湖廣之際。此數年中所成之巨業，如漢陽鐵廠為京漢鐵路製造鐵軌，湖北紗織局之挽回利權，以及振興該省各項商務，皆無可以訾議之處。而設立造幣局一舉，尤未可輕忽視之。惟論理財問題，則張大臣未見出色，彼僅知紙幣可以濟財政之窘迫，而不顧道理之合否。觀其與德國公司所結之合同，足見張大臣於錢價之賤，為中國最易中毒一層，固識力之未逮也。

張公之洞之政才，已縱論如前。尚有一最大之美德，今日政界之各員所不能望其項背者，則廉潔是也。彼曾歷居要任，不患不能積財，然乃一介不取，恐身後仍不免濟貧而已。聞彼在武昌時，曾因需款孔亟，出其珍品付諸質庫。且張大臣學問，頗占聲譽，著作甚富，今日選為今上將來之師傅。要之張之洞實為一機敏難測之人物，為中國舊世界之政才。其思想隨時變動，今當朝政紊亂之時，正可展其長才，而忽出世以去。吾人對此，惟有一言可以抒欽佩之忱曰：「公何不遲生五十年耶？」

第十二節　張文襄之政績

戊戌之初，朝廷改革已見萌蘖。其時康有為復設保國會於京師，未幾即被御史劾散。今學部侍郎嚴修，方為貴州學政，奏請開經濟特科，以求得人應變，朝議從之。公遂保舉知名之士三十餘人，康之弟子梁啟超與焉（外人訛為保康者非，蓋梁其時方於公前稱弟子也。）。其後康復疏言國危，工部堂官不為達。給事中高燮曾乃上章薦之。故相翁同龢，復而保康才可大用。徐致靖復力保之。斯時德宗皇帝已下詔變法，而先期降旨召公入都，以公為孝欽皇后手擢之人，且為言新者領袖，既可彈壓群倫，且能調和兩宮故也。公聞召行抵上海，翁同龢諸公謂不可恃。值湖北有小教案出，遂有廷命，命公還任。公既窺見朝端水火，新舊之隙侵深，遂變節而有阿附容身之舉。

蓋以是年四月二十三日，方有變法之詔，而二十七日即有硃諭，令翁同龢開缺回籍。同日復降旨，令在廷臣工及文武大員補缺受賞，必詣皇太后前謝恩，或具摺，又以榮祿為北洋總督，皆四月二十七日事之揽兵權。公蓋逆知變法無成，而大禍將作，故遂不得不急求自保矣。及政變後舊黨之焰，如鼎鑊之逼人，李端棻、徐致靖父子、陳寶箴父子及他言新之士數十人，或殺或逐，天昏地暗。或謂公因自保，故實與其事。蓋當時湖南有新公羊學說出，大肆衍播，以為改制度，而公則為《勸學篇》以遏之。又有湘人王廉之徒，立論排抵公羊，仇新政，議者謂出公意旨。由是黨人益仇公，幾欲將其向日聲名，墮之於塗炭，輿論亦稍稍抨擊，公之聞望乃有一落千丈之勢矣。

相推相激，遂有己亥立嗣之變。方是時，惟劉忠誠上章切諫，公則援吳可讀以自解，不敢稍立異同。庚子北方大亂，拳禍滔天，浸至五忠被殺，袁、許皆公門弟子，有聲於政界者。聞公此時，惟日啜泣，曾遣愷軍北上勤王，然道梗不達。先是李文忠由粵督應召入都，逡巡於滬上，力持保東南策，劉忠誠亟贊成（劉於此時曾告人曰：仍是李中堂有魄力。張香濤不免隨風而靡）。公鑒於大勢，亦力主其議，遂由江鄂共派陶森甲到滬，與各國領事結東南互保之約，所全實多。顧當時有黨人據於滬漢，不乘虛蹈瑕，戮力於北，而轉欲於東南完全之地，舉兵起事以勤王召號，計疏事洩，遂有唐才常、傅良弼等流血於武昌之案。微聞案發，公對幕友歎息云：「今日動輒殺人，大非佳兆。」其意欲出唐等於死罪，鄂撫於蔭霖執不可，公亦不敢固爭。辛丑和約後，公府物力，亦蕭然掃地。然朝議方欲再練新軍，以鎮畿輔，遂復遣大臣南下搜括，與己亥剛毅南下之情事略等。顧此兩次，公皆力拒之，以此湖廣財政，終不似蘇浙之缺，則公之力也。湖北擔任辛丑賠款，其始分取各州縣，其後公於土膏捐中求得之。乃令挹原款以興地方學務，故湖北地方小學，不憂費絀，亦公之力也。

第十三節　張文襄之學問

使南皮而生於乾嘉全盛之時，論思獻納，潤色鴻業，則必能於阮紀兩文達之間，占一席之位置。即不生於太平時代，而終其身為文學侍從之臣，亦必能於潘文勤、翁常熟而後，主都門風雅之壇坫，可無疑也。昔人恨王荊公不作翰林學士，而惜褚彥回之作中書而後死，以為名德不昌，遂有期頤之壽，吾於南皮其殆同此感情矣。

南皮生長世冑，少時即有神童之譽，壬子領解時，年甫十五齡耳。其後躓禮部試者十年，而後捷南宮，擢高第。庚申會試，嘉定徐侍郎致祥即套襲南皮領解之文，竟魁多士，而南皮反落孫山，藝林至今傳為佳話。其癸亥殿試對策，獨能屏去一切格式忌諱，暢論時事，洋洋數千言，識者以擬蘇長公、陳同甫，閱卷官初擬大魁，及進卷拆封，兩宮忽抑置第三。蓋是時翁文端公心存方領弘德殿事，授穆宗讀書，而其子同書，以敗軍下獄擬辟，兩宮欲安文端之心，故擢其孫為狀元以慰之也。實則翁曾源之文學，出南皮下遠甚。

南皮學術，好立異於人，初由舊而之新，復由新而返於舊者也。其先倭文端、唐確慎諸公，方主輦下牛耳，以程朱之學，提倡後進，而樸學漸即衰替，北方士大夫，更不知漢儒家法為何事。南皮生於世族，富有藏書，獨博覽經史，以馬、鄭、賈、孔之學為天下倡，文衡所至，必拔取漸聞殫見之士，一時士習為之丕變。所著《書目答問》、《輶軒語》兩種，至於家有其書，輦下書值為之奇漲。廠肆書賈，悉頌南皮德不置，亦可見其勢力之偉大矣。其督粵時，甄錄國朝儒者考證史學諸書彙刻為《廣雅叢書》，欲以配阮文達之《學海堂經解》，為乙部巨觀，而取富卷帙，別裁未當，榛楛勿剪，瑣碎已甚，讀者竟弗之重也。

南皮之以新學名世也，在既持節開府以後。平心論之，非真有見於變法之不可緩，特以舉世之所不為，欲獨闢非常之境界耳。故其於西學也，即以漢學家章句訓詁之法治之，博而不精，知其所當然而不究其所以然。其由新而復返於舊也，則在戊戌變政之時。其宗旨具見所為《勸學篇》。蓋康氏之進用，由於南皮之薦剡，迨其後深窺宮廷齟齬之情與新舊水火之象，以彼料事之明，逆知後來必有大禍，因授意門下士某君作為此書。

第十四節　張文襄之奇才

方毅皇大婚，樂章房中三奏，及《欽定平粵平捻方略》書成，兩次表文，悉出公手筆，上覽之稱為奇才，下詔加銜，是為公結主向用之始。光緒庚辰進官侍講。斯時使俄大臣崇厚，赴俄議收伊犁，顧為俄人厚結所給，竟割極邊要害與敵。公即上疏力爭，凡十餘上，陳論戰守方略甚悉。是時，左文襄公方乘戰勝之威，駐兵烏魯木齊。公欲乘間張國威，力主戰，且云：「戰即不勝，猶可以天山南路畀英，連兵復戰。」其言雖墮書生策士之見，然俄卒震慴，曾惠敏公得以折衝壇坫，而盡毀崇約，爭回帖克斯川之險要，並拓阿爾泰承化寺北界線。朝廷復治崇厚罪，公之向用乃益殷，兩宮皇太后乃敕譯署，令遇事與張之洞商矣。辛巳進內閣學士，兼禮部侍郎銜，逾年遂擢山西巡撫矣。

先是，丁卯公承命為浙江考官，得士尤眾，拔茅連茹，稱盛於世。其後成名者，如陶制軍模、沈布政鎔經，許侍郎景澄、袁忠節昶、孫刑部詒讓、王山長棻、譚大令廷獻，均著偉業盛名於世。餘如沈吉士善登，則邃於算術，錢孝廉丙奎，則深於律呂：兩君尤近代絕學，皆公所羅得者。及官湖北學政，則立經心書院課士，成就尤眾，刻有《江漢炳靈集》。迨癸酉典蜀試，旋為學政，復建尊經書院，刻《輶軒語》、《書目答問》以教士，所得高才生，如楊銳、廖平、宋育仁、王光棣、王秉恩、吳德瀟等，皆尊經書院受學者也。又如名宿之士，為公收置門下者，如蒯觀察光典、繆京卿荃孫、樊方伯增祥、王侍郎文錦、王祭酒懿榮、鄭貢生知同、易觀察順鼎、左刑部紹佐、袁刑部寶璜、林太史國賡；咸使之相與切磋，以通經致用期許。曾文正嘗嗟異之，以為洪北江、朱笥河、阮文達督學，所以搜巖采幹者，不過如此云。蓋公於是時固以朱阮自許也。

公之撫晉也，首以禁種罌粟為務，而於差徭尤急意清理，且修井陘大道，以便商賈，晉民承災沴之餘，以蘇其困。時閻文介長戶部，以公所為有古大臣疏通知遠之風，故遇事多樂贊之。會法越事起，應詔密陳戰守機宜十七事，又密舉中外文武人員五十九人。甲申春，內召密奏越事，遂命署兩廣總督。時值桂撫徐延旭、潘鼎新，潰軍於鎮南關外，越之北寧、山西、高平、諒山連陷，法水師提督孤拔，方率師船，縱橫於閩廣海上。臺灣尤岌岌，僅賴淮軍宿將章總兵高元，肉搏奪取基隆炮壘，殲敵無算，禍用少紓。時公與彭剛直公，規劃粵中戰守，修虎門、橫檔大角沙炮臺，形勢稍固。彭剛直以公機敏達事，每推重之。公遂疏薦桂臬李秉衡辦理糧台，旋擢署桂撫。

又密保前廣西提督馮子材，北海鎮總兵王孝祺，募欽、廉、材、武敢死之士，將以出關，遂有諒山之大捷，為近世中國戰史上第一奇功。法提督亡於陣，法之議院大鬨，遂起攻其政府，首相茹連斐里告退。公與彭剛直以敵可乘也，請因勢進兵，規取北寧河內。會馬江師覆，朝議方羈於締和，不許公奏。公與彭公抗疏力爭，言至痛切，海內讀者皆感動。然廟謀已定，棄越不可挽回，惜哉！而公因是與李文忠有隙矣。公為疆吏，頗師胡文忠之救鄰，無畛域見（公移節湖廣，日謁胡文忠祠，有詩云：「敢云駑鈍能為役，差幸心源早得師。」可以見其志矣）。其在粵也，嘗遣師船以援福州中岐馬尾，復籌餉數十萬，濟臺灣帥劉銘傳。又用厚餉招保勝州，孤軍入關，此軍即世所稱「黑旗兵」，劉永福所部，法人所畏者也。迨公去粵，當事疑劉而遣散之。甲午之敗，諸軍無一足恃。公言及此，嘗扼腕不置也。

第十五節　張文襄之敢言極諫

張相續假未滿，遽聞出缺，全國臣民必視為重大之變故。朝廷失一老臣，於政治之設施，其影響亦甚多。而張相平生，足以表見於國中者，或毀或譽，至此當有定論。竊思古之致身事君者，苟其宅心忠正，致為國用，則其一身之存亡，必關係於邦國，而況老成練達，受先帝之顧命，為賢王所倚重如張相者乎？獨是尚論古人，卓然稱為賢臣者，如漢之賈山、汲黯，唐之李泌、郭子儀，宋之范仲淹、司馬光，彪炳史冊，後先輝映。然跡其平生，各行其志：或以諍臣稱，或以能臣稱，或則以良臣稱，其遭際不同，操術亦異，固未可強而並論。即近世宰輔，如胡文忠、曾文正、沈文肅、李文忠輩，亦莫不始終如一，各有獨志之行，傳之後世。以類相繩，可以知其若為諍臣，若為能臣，若為良臣者，而獨可以論張相。

張相當文學侍從時，即以敢言極諫聞於輦下。朝上封奏，夕發彈章，意氣粗疏，昌言無諱。內而官廷帷幄之機宜，撥亂反正之深計；外而疆臣職吏，尤多掊擊；京師均目為清流。同時並稱者，有黃體芳、張佩綸、劉恩溥、陳寶箴、宗室寶廷、鄧承修諸公，而張相實為之領袖。夫以朝野無事，舉國熙恬，而遠見先識，已肅然私憂，知無不言，言無不盡，致貴近側目，皆欲得而甘心，曾不稍挫其志，直聲震天下。而變法自強之議，亦即萌芽於此時矣。是此一時代也，張相固儼然諍臣也。

既而以巡撫辭京闕，歇歷南東各省。所至之處，一以提倡新事業為志，而新學業之最著稱者，則兩粵兩湖為尤盛。如路，如礦，如農林，如工廠，如學校，羅致人才，籌畫款項，不足則借債以趕建設，雖地方實力，或有不及，而致譏於揮霍失度者。然當此過渡時代，民智屯塞，政治變革之際，能以雷厲風行之手段，措置銳敏，實足趨物質文明之進步。今東南數省，經營稍易，而路礦汽機之業，得以舉軔先發，未始非食張相之賜也。是其中年精壯，力任艱難，旦夕兼營，不辭勞苦者，實可以能臣稱者。

洎乎丁戊之間，國事已定，下詔立憲，先帝勤求治理，畀倚老臣，徵之入閣，而政治益繁，交涉頻起，輿論亦稍稍興矣。張相則一為持平之論，蓋已深知政事改革，不可操切，新政未紓，民氣易潰。加以年老體政，時復多病，益無更端之建議，惟雍容坐鎮而已。然內外籌備，悉循秩序，未嘗延誤者，未始非將相之威望，可以率屬百僚，雖坐而論道，而群治易於奉行，所謂朝有良臣為國柱石者。則今日之張相，又忽以良臣終矣。

是以綜觀張相之一生，實可為三大時期之區劃。而其所以隨時通變者，一則其秉質之不滯於物，一則其好名之心，有以戰之耳。京官偷息，則以言論為清高；疆吏闒茸，則勵行事為幹練。即至彌留疾革之時，猶自以為借款不容於輿論，而欲商各使以罷之。三代下惟恐不好名，若張相者，固猶晚近所不可多覯者也，以視彼好爵厚祿，自植其私者遠矣。

第十六節　張文襄維持大局

當國步艱難，外患逼迫之秋，所賴以維持大局，鎮懾朝野者，其惟我一二重臣乎？其惟我一二重臣乎？乃昊天不弔，傾我柱石。大星隕州治，而韓魏公薨；紅光燭山谷，而諸葛武侯逝。天崩地裂，風號雨泣，朝廷多故，老成凋謝，南皮相國之噩耗，忽驚傳至吾耳，嗚呼，痛哉！國家之重臣，上下所倚畀，一旦溘逝，其關係詎不大哉？盱衡現勢，默揣往古，吾對於相國之出缺，蓋有無窮之感焉。

庚子以前，中國之貧弱，猶不如今日之甚。相國身膺疆寄，政聲卓著，記者在髫齡時，已飫聞其功業。庚子之季，拳匪釀禍於西北，亂民蠢動於東南。大臣如剛毅之輩，又不勝一朝之忿，激怒強鄰，輕啟兵端，聯軍入京，大局瓦解。時相國總督鄂湘，獨能與劉忠誠協力一致，以敦睦邦交，保全治安，東南半壁，賴以無恙。其後兩宮回鑾，各國締約，李文忠為議和全權大臣，凡機密要政，又多諮詢相國。而相國則獻替靡遺，盡力臂助。長江流域地，不致悉入於列強勢力範圍內者，要未始非相國之威權碩望，有以戢強鄰之野心，而使之不敢稍逞。此則相國之豐功偉烈，亙千萬世而不朽，造福吾民，亙千萬世而不忘者也。微特此矣，中國戊戌之後，熱心志士，群起而談變法，執政者類皆苟且偷安，置新政於不顧。相國獨能審時量勢，興辦學堂，派遣留學，為各省倡；改良兵制，廣徵新軍，鄂省防務，冠於天下。推原厥本，又何獨非相國之功乎？微特此矣，憲政之預備，諮議局之成立，各省自治之籌辦，種種新氣象，皆相國入軍機後，所訏贊而成者。異日國民之強盛，政治之完固，則又未始非相國造就之也。更微特此矣，兩宮升遐，賢王監國，相國以垂暮之年，垂紳正笏，能不動聲色，措天下於泰山之安，使異族不敢乘隙而思逞，則又他人之難能者。嗚呼！謝太傅功業爛然，碑銘至不著一字，以偉績隆勳，不勝紀也。相國從政五十年，上利國下利民者，更仆難數。前列之數端，特東鱗西爪，片羽吉光，實不足以概相國之萬一也。

夫新主當陽，庶政之待舉者，如千縷萬絲。相國一身，關係於外交內政者，不知其幾許事。今不幸而相國往矣，則蕭規曹隨，力能竟相國之志者，當不乏人。而遠大之識量，靈敏之手腕，堅心毅力如相國者，則吾恐如鳳之毛、麟之角也。痛哉！天生一偉人，忽忽數十年馳驅於政界中，遺大投艱，政事鞅掌，而猶未能竟其全功，齎志以沒，則其他之伈伈俔俔者，又何足道耶？

嗚呼！際萬國競爭之時，人才消乏之秋，又誰能摘斗摩天，目空今古，指揮中外，繼相國而起者乎？吾故曰有無窮之感也。

第十七節　張文襄之舉賢

張相遺摺舉賢，以繼其位。聞所舉者，首為吏部尚書陸潤庠，次為法部尚書戴鴻慈，謂此兩公皆可以繼其相位。又舉川督趙爾巽，前兩廣總督岑春煊，繼其軍機大臣，蓋趙、岑二督，不能舉以為相，以皆未入翰林故也。惟聞政府意度，大約郵傳部尚書徐世昌，可望入軍機，陸潤庠將繼南皮相位。又見遺摺中並有立憲為維新之本，不可視為緩圖云。

第十八節　張文襄之病狀

南皮相國病勢增劇，數星期以前，獲聞噩耗者，已不勝其耿耿。南皮於西八月間，延日本醫生診視，日本醫生以所患為腹癰，殆將不治，並以此戒其家人。頃復力疾從公，清理重要案牘數起，遂至疾革。據最近消息，病雖至危，神經絕不督亂，中國大臣若南皮者，不得謂非海內之柱石也。南皮起家科目，早登上第，文雄一時。一八六三年，遂漸嚮用，旋擢山西巡撫。一八八四年擢兩廣總督，政聲著於百粵。一八八九年量移湖廣，濬發國家鐵道事業之思想，擬以漢口為中國路線之中心點，經營支幹，分達北燕、南粵、西蜀諸要區。任湖廣時，因事微有扞格，厥後久任，至易十八寒暑，獲觀京漢之成。復續議建築粵漢川漢之要道。一九零七年入直樞廷，又值兩宮賓天，竭忠盡智，上贊皇室垂統之大計。曩以粵漢借款之故，既殫心力，復歷艱難，尚不致有所破壞。平日政策，雖不能人盡滿意，然卒能持以鎮定，務達目的，殆非易易。重以學問淵懿，於教育之振興多所擘畫，學部專章，大半為手所定。廢科舉，興學校，捨舊謀新，類非他人所能逮。而於學務路政，殫精竭慮，宏此遠謀，尤足令人永矢勿諼者也。

第十九節　張文襄之蓋棺定論

張中堂因病出缺，海內人士，料必同深哀悼。中堂政躬違和，兩月未曾入值，際此高年，重以久病，其謝世也，本在眾人意料之中。但以中國時局而論，失此足以倚賴之老臣，環顧朝中，再求一學識兼優如中堂者，倉猝間實難其選。僕雖外人，亦不能不為中國憂也。

張之洞之得名也，以其先人而新，後人而舊，十年前之談新政者，孰不曰張之洞張之洞哉？近年來之守舊者，又孰不曰張之洞張之洞哉？以一人而得新舊之名，不可謂非中國之人望矣。然以騎牆之見，遺誤畢世，所謂新者不敢新，所謂舊者不敢舊，一生知遇雖隆，而卒至碌碌以歿，惜哉！

血歷史136　PC0769

新銳文創
INDEPENDENT & UNIQUE

辜鴻銘談張之洞：
張文襄幕府紀聞

原　　著	辜鴻銘
主　　編	蔡登山
責任編輯	劉亦宸
圖文排版	周妤靜
封面設計	楊廣榕

出版策劃	新銳文創
發 行 人	宋政坤
法律顧問	毛國樑　律師
製作發行	秀威資訊科技股份有限公司 114 台北市內湖區瑞光路76巷65號1樓 電話：+886-2-2796-3638　傳真：+886-2-2796-1377 服務信箱：service@showwe.com.tw http://www.showwe.com.tw
郵政劃撥	19563868　戶名：秀威資訊科技股份有限公司
展售門市	國家書店【松江門市】 104 台北市中山區松江路209號1樓 電話：+886-2-2518-0207　傳真：+886-2-2518-0778
網路訂購	秀威網路書店：https://store.showwe.tw 國家網路書店：https://www.govbooks.com.tw

出版日期	2018年8月　BOD一版
定　　價	240元

國家圖書館出版品預行編目

辜鴻銘談張之洞：張文襄幕府紀聞 / 辜鴻銘原著；蔡登山主編. -- 一版. -- 臺北市：新鋭文創, 2018.08

面；　公分. -- (血歷史；136)

BOD版

ISBN 978-957-8924-29-1(平裝)

857.37　　107011755

讀者回函卡

感謝您購買本書，為提升服務品質，請填妥以下資料，將讀者回函卡直接寄回或傳真本公司，收到您的寶貴意見後，我們會收藏記錄及檢討，謝謝！

如您需要了解本公司最新出版書目、購書優惠或企劃活動，歡迎您上網查詢或下載相關資料：http:// www.showwe.com.tw

您購買的書名：＿＿＿＿＿＿＿＿＿＿＿＿＿＿＿＿＿＿＿＿＿＿＿＿

出生日期：＿＿＿＿＿年＿＿＿＿＿月＿＿＿＿＿日

學歷：□高中（含）以下　□大專　□研究所（含）以上

職業：□製造業　□金融業　□資訊業　□軍警　□傳播業　□自由業

□服務業　□公務員　□教職　□學生　□家管　□其它＿＿＿

購書地點：□網路書店　□實體書店　□書展　□郵購　□贈閱　□其他

您從何得知本書的消息？

□網路書店　□實體書店　□網路搜尋　□電子報　□書訊　□雜誌

□傳播媒體　□親友推薦　□網站推薦　□部落格　□其他＿＿＿＿＿

您對本書的評價：（請填代號　1.非常滿意　2.滿意　3.尚可　4.再改進）

封面設計＿＿　版面編排＿＿　內容＿＿　文／譯筆＿＿　價格＿＿

讀完書後您覺得：

□很有收穫　□有收穫　□收穫不多　□沒收穫

對我們的建議：＿＿＿＿＿＿＿＿＿＿＿＿＿＿＿＿＿＿＿＿＿＿＿＿

＿＿＿＿＿＿＿＿＿＿＿＿＿＿＿＿＿＿＿＿＿＿＿＿＿＿＿＿＿＿＿

＿＿＿＿＿＿＿＿＿＿＿＿＿＿＿＿＿＿＿＿＿＿＿＿＿＿＿＿＿＿＿

＿＿＿＿＿＿＿＿＿＿＿＿＿＿＿＿＿＿＿＿＿＿＿＿＿＿＿＿＿＿＿

請貼
郵票

11466
台北市內湖區瑞光路 76 巷 65 號 1 樓
秀威資訊科技股份有限公司 收
BOD 數位出版事業部

(請沿線對折寄回，謝謝！)

姓　　名：＿＿＿＿＿＿＿＿　年齡：＿＿＿＿　性別：□女　□男

郵遞區號：□□□□□

地　　址：＿＿＿＿＿＿＿＿＿＿＿＿＿＿＿＿＿＿＿＿

聯絡電話：(日)＿＿＿＿＿＿＿＿　(夜)＿＿＿＿＿＿＿＿

E-mail：＿＿＿＿＿＿＿＿＿＿＿＿＿＿＿＿＿＿＿＿